아름다운 독종이 프로로 성공한다

쇼호스트 유난희의
성공에세이

아름다운 「독종」이 프로로 성공한다

SUCCESS
STORY

순청아이북스

지은이 _ 유 난 희

숙명여자대학교 졸업 후 케이블 텔레비전 최초 아나운서가 되었으며(1991),
케이블 텔레비전 뉴스타상을 수상했다(1995).
우리나라 최초의 홈쇼핑 39쇼핑 공채 1기 쇼호스트로 시작(1995), 홈쇼핑 최
초 억대 연봉 쇼호스트가 되면서 세간의 주목을 받기 시작했다(2001).
LG홈쇼핑 쇼핑호스트, 우리홈쇼핑 쇼호스트 팀장을 거쳐 현재 현대홈쇼핑
프리랜서 쇼호스트로 'CLUB NOBLESSE with 유난희' 등의 프로그램을
진행하고 있다.
두 아이의 엄마이자 아내이며 며느리인 유난희는 일과 가정 모두에서 성공한
진정한 프로이다.

- KBS 서강대 방송 아카데미 전임강사(2000~2004년)
- MBC아카데미 강사
- 한양대학교 교양과목 특강 강사
- 숙명여자대학교 멘토위원

저서
「명품 골라주는 여자」

강연
iwill.com 주최 '성공하는 여성' 주제 강연
한국무역협회 '성공하는 여성' 주제 강연
동아일보 기자 워크샵 '성공하는 여성' 주제 강연
월간 여성중앙 주최 여성대학 '명품 제대로 알기' 주제 강연
인터넷 포털 사이트 다음(daum.net) 주최
2003 off-line '성공하는 여성 이것이 다르다' 주제 강연
현대백화점 문화센터 '명품에 대한 이해' 강연
MBC문화센터 '명품에 대한 이해' 주제 강연
MBC문화센터 '성공하는 여성, 이것이 다르다' 주제 강연
코리아나 화장품 임원대상 '쇼호스트 이해, 성공하는 여성' 주제 강연

책머리에

어린 시절 무지개를 좇는 소년에 관한 동화를 읽었다. 소년은 무지개를 잡기 위해 산을 넘고 물을 건넜다. 오로지 무지개를 가까이에서 만져보기 위해 하루 종일 걸었다. 1년, 10년을 걷고 또 걸었다. 그러다 문득 돌아보니 오랜 세월 무지개만을 좇으면서 살아온 어린 소년은 어느새 호호백발 할아버지가 되어있었다.

어떤 사람은 결국 손에 넣지도 못할 무지개를 좇은 소년이 바보였고 시간만 낭비했다고 말한다. 하지만 난 그 소년이 결코 바보도 아니고 시간을 낭비한 것도 아니라고 생각했다. 나 역시 그 소년처럼 무지개를 잡을 수 있다고 믿었다. 그 동화는 나에게 앞만 보고 달려가는 소년의 모습이 가장 가치 있는 모습이라고 말해주었다.

어린 시절 나에게는 꿈이 있었다. 아주 신나게 내가 하고 싶은 일을 하면서, 기왕 할 거라면 정말 잘 하면서 능력을 인정받으며 살고 싶었다. 하지만 현실은 그렇게 만만치 않았다. 무지개를 좇은 그 소년처럼 넘기 힘든 높은 산도 있었고 깊은 강도 있었다. 넘어지면서 무릎을 다치고 마음 아파한 적도 있었다. 하지만 나에게는 늘 무지개가 보였고, 언젠가는 나의 손에 담겨질 것 같았다.

　지금 10년을 쇼호스트로 지내온 나에게 최초의 억대 연봉 쇼호스트니 명품 전문 쇼호스트니 하는 꼬리표들이 따라다니고 있다. 하지만 그 어떤 수식어보다도, 내가 겪어온 과정이 나에게는 더 가치 있다고 생각한다. 남들은 내가 이루어낸 결과에 관심을 갖고 주목할지 모르지만 난 결과보다 내가 경험해온 모든 힘든 과정들이 더 소중할 뿐이다.

　이제와 뒤돌아보니 정말 많은 후배들이 나와 똑같은 전철을 밟으면서 좌충우돌하고 실패하고 마음 아파하면서 20대를 보내고 30대를 보내고 있었다. 나처럼 힘들어하면서 20대, 30대를 보내는 후배들에게 나의 결과보다는 과정들을 얘기해주고 싶었다. 결과만 바라보고 노력한다면 실패할 확률이 더 높다는 것을, 결과보다는 하루하루 나 자신과의 싸움에서 이기는 것이 정말 중요하다는 것을 얘기하고 싶었다.

모든 현실은 결국 나 자신과의 힘든 싸움이다. 난 나 자신과의 힘든 싸움을 이겨내기 위해서 어느새 독종이 되어 있었다. 많은 사람들이 성공하고 싶다고 말한다. 많은 후배들이 쇼호스트로 성공하고 싶다는 말도 한다. 하지만 정말 그러고 싶다면 어떤 준비를 하고 어떤 마음가짐을 갖고 있는지 먼저 묻고 싶다.

성공하고 싶다는 마음 이전에 프로가 되고 싶다는 마음이 있는지, 그렇다면 나약해지고 게을러지고 수많은 현실과의 싸움에서 쓰러지는 자신을 이겨낼 용기는 있는지 먼저 묻고 싶다. 결과보다 자신과의 싸움에서 이겨내는 과정을 자꾸자꾸 점검해야 한다는 것을 나의 경험을 통해서 후배들이 공감할 수 있다면 좋겠다.

이 책을 쓰면서 이런저런 추억에 혼자 미소를 지은 적이 한두 번이 아니다. 마치 첫사랑을 추억하기라도 하듯 지난 세월을 더듬어가면서 무엇보다도 함께 했던 사람들에게 감사의 마음을 전하고 싶다. 현재 나의 모습은 나의 노력만으로 이루어진 것이 아니다. 많은 분들의 도움이 있었기에 가능했다. 다시한번 감사하게 생각하고, 그 모든 사람들 이름 하나하나 열거할 수 없음이 죄송스러울 뿐이다.

먼저 소중한 방송을 함께 했던 방송 스태프들과 지금까지 함께 했던 많은 동료 쇼호스트들에게 감사한 마음을 전하고 싶다. 특히 내가 홈쇼핑에서 버틸 수 있는 힘이 되어주시고 아울러 방송인이라면 어떻게 행동해야 하는지 모범적인 자세를 가르쳐주신 고려진 선생님께 감사드린다.

내가 케이블 텔레비전과 인연을 맺을 수 있도록 해주신 전 KBS 아나운서 김상준 교수님, 오랜 시간 한결같이 내가 쇼호스트로서 게으르지 않고 교만해지지 않도록 늘 채찍질해주시는 인생의 선배 고창수 이사님, 아울러 책이 출간될 때까지 나를 믿어준 순정아이북스 가족 여러분과 김순정 대표에게도 감사의 마음을 전하고 싶다.

끝으로 소중한 나의 가족을 빼놓을 수 없다. 바쁘게 일하는 며느리가 불만이셨지만 이제는 며느리의 건강을 걱정해주시는 시어머님, 딸이 진행하는 홈쇼핑 방송을 매일 관심 있게 시청하시면서 모니터해주시는 친정아버지, 일하는 며느리로서 행동을 잘하라고 늘 염려하고 걱정해주시는 친정어머니, 매일 환자 진료의 격무에 시달리면서도 불평 없이 10년 간 날 믿고 소리 없이 지원해주고 있는 남편 인남 씨, 그리고 여느 엄마들처럼 매일 함께 옆에서 챙겨주지 못하는데도 착하고 바르게 자라주는 우리 쌍둥이 성원이, 성호에게도 진심으로 감사의 마음을 전하고 싶다.

2005년 봄바람이 느껴지는 3월에

유 난 희

프롤로그

"유난희 씨는 연봉을 많이 받으니 더 이상 바랄 게 없으시겠어요. 지금처럼만 하면 앞으로도 아무 문제없을 테니 참 좋으시겠어요."

그러나 나는 그렇게 생각하지 않는다. 나는 사람들에게 이렇게 대답해준다.

"쇼호스트는 자기와의, 그리고 기발한 아이디어와의 끊임없는 경쟁이에요. 그리고 이미 전파를 탄 멘트는 그 즉시 생명력을 잃은 것이나 마찬가지에요. 생명력을 잃은 멘트로 경쟁력이 떨어지는 방송을 하다보면 시청자와 방송 스태프들에게 어느 순간 신임을 잃고, 퇴출될 수도 있는 거죠. 한시도 방심할 수 없는 게 바로 쇼호스트랍니다."

나는 LG홈쇼핑에서 우리홈쇼핑으로 스카우트되면서 국내 쇼호스트로는 처음으로 억대 연봉을 받는 쇼호스트가 되었다. 쇼호스트로서 이처럼 최고 대우를 받을 수 있는 비결은 운도 따라 주었지만, 현실에 안주하지 않고 끊임없이 실력을 키우기 위해 노력했기 때문이다.

사실 쇼호스트는 직업의 특성상 현실에 안주한다는 것이 불가능하다. 현실 안주는 곧 낙오된다는 것과 일맥상통하기 때문이다. 일단 대본없이 생방송으로 프로그램을 진행해야 하므로 상품에 대해 정확하게 알고 누구보다도 많이 알아야만 방송을 더 잘 할 수 있고, 매출도 많이 올릴 수 있다. 방송 시간은 비록 2시간이지만 그 한 번의 방송을 위해 매일매일 쉴 새 없이 자료를 수집하고 아이템 연구에 몰두해야 한다. 그것은 초보든지 프로든지 상관없이 쇼호스트로서 살아남기 위해 반드시 필요한 일이다.

연일 이어지는 생방송에 대한 중압감, 실시간으로 돌아오는 시청자들의 피드백, 매출에 대한 부담감으로 끊임없이 스트레스를 받는 직업이기 때문에 늘 긴장을 늦추지 말고 있어야 한다.

2000년 봄, 모 방송아카데미의 방송 진행자 과정의 강사로 초빙되어 쇼호스트에 대한 강의를 진행하고 있던 때였다. 강의에 한창 열중하고 있는데 문득 학생들을 둘러보니 맥 빠지게도 수강생 90% 이상이 강의에 집중하지 않고 있었다. 졸고 있는 사람이 있는가 하면 딴 생각에 잠겨 있는 사람들도 많이 보였다.

강의가 끝나고 프레젠테이션 실습 과제를 내주려고 하자 수강생들은 꼭 해와야 하냐며 내게 불평 섞인 질문을 했다.

"물론이죠. 그런데 그건 왜 묻죠?"

"저희들은 쇼호스트 지망생이 아니거든요."

난 쇼호스트에 대해서는 전혀 관심이 없던 수강생들에게 무려 3시간 동안 강의를 했던 것이다. 23명 중 내 강의를 진지하게 경청한 사람은 3명 정도에 불과했다. 그러니 얼마나 내 강의가 지겨웠을까?

우리나라에 홈쇼핑 방송이 처음으로 시작되었던 때는 1995년 8월 1일 여름이었다. 그렇지만 5년의 세월이 지난 2000년만 해도 홈쇼핑 방송이나 쇼호스트라는 직업은 그다지 사람들의 관심거리가 아니었다. 하지만 2001년 가을, 난 억대 연봉을 받는 쇼호스트라는 스포트라이트를 받게 되었다. 그러면서 많은 사람들이 쇼호스트라는 직업에 관심을 보이기 시작했다.

그리고 이듬해 2002년 봄, 그때 방송 진행자 과정을 수강하던 26명의 수강생 중 3~4명을 제외한 거의 모든 수강생이 쇼호스트가 되기를 희망했다. 불과 2년 전과 비교하면 정말 큰 변화였다. 그들은 열정이 넘쳤고, 강의가 끝난 후에도 끊임없이 질문을 쏟아낸 덕분에 3시간의 강의 시간을 1시간 더 연장하고서야 끝낼 수 있었다.

'10년이면 강산이 변한다'는 말이 있듯이 홈쇼핑 업계도 시간이 흐르면서 많이 변화했다. 특히 쇼호스트의 입지는 정말 많이 변했다. 10년 전만 하더라도 쇼호스트가 무엇인지도 모르는 사람들이 태반이었지만, 이제는 쇼호스트가 되고 싶어 하는 사람들이 많아졌다.

내가 쇼호스트가 된 것은 이미 정해진 길이 아니었나 하는 생각이 든다. 20대에 그토록 되고 싶었던 아나운서가 될 수 없었던 것도 쇼호스트가 될 운명이라서 그런 것이 아니었을까 생각하면 오히려 다행이다 싶기도 하다. 쇼호스트라는 직업이 너무 좋고 자랑스럽기 때문이다.

가끔 쇼호스트 후배가 나에게 묻는다.

"선배, 어떻게 하면 상품을 많이 판매할 수 있을까요?"

"어떻게 하면 선배처럼 인정받을 수 있을까요?"

나는 우선 쇼호스트가 되고 싶은 사람에게 진지하게 한 가지 질문을 던지고 싶다.

"정말 좋아하는 것이 무엇입니까?"라고.

왜냐하면 쇼호스트는 하면 할수록 힘든 직업이어서 본인이 좋아서 미치지 않으면 너무 힘든 직업이기 때문이다.

남편이 나에게 이런 말을 하곤 한다.

"당신은 취미를 일로 하고 있어서 참 좋겠어."라고.

남편 말이 맞다. 난 이 일이 재미있다. 취미처럼 매일매일 즐기면서 하는 쇼호스트 일이 정말 재미있다. 쇼호스트 일을 하면서 무척 많은 스트레스를 받으면서도 난 미치도록 재미있다. 아마 이렇게 미치도록 재미있지 않았다면 쇼호스트 세계에서 10년을 한결같이 버티기는 힘들었을 것이다.

　사실 울고 싶은 날도 많았다. 하지만 난 결코 사람들이 보는 앞에서는 울지 않았다. 사람들은 그런 나에게 독종이라고 한다. 심지어 괴물이라고 하는 사람도 있다. 나의 일에 대한 열정을 보면서 정신없이 바쁘게 돌아다니며 1인 3역, 아니 1인 4역을 해내는 나의 모습을 보면서 그렇게들 말한다. 하고 있는 일을 좋아하면 독종이 되고, 미치면 괴물이 되나보다.

Part_1

20대, 포기하지 말고 인생의 기회를 준비하라!

난 결국 방송사 시험만 22번을 보았다.

그러나 거기서 포기하지는 않았다.

내가 꿈을 잃지 않고 내 능력과 자질을 계속해서 닦는다면,

언젠가 기회는 올 것이라고 믿었다.

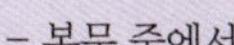

– 본문 중에서

1. 20대 젊은 여성들에게 바치는 글

꿈을 이루기 위해서라도 우리는 더 많은 세상과 만나고, 부딪치고, 때론 산산이 부서지는 아픔도 이겨내야 한다.

많은 젊은 여성들이 졸업 후 진로에 대해서 고민을 한다. 요즘처럼 취업난이 극심한 때에는 정말 자기가 하고 싶은 일을 찾아서 하는 것이 아니라, 적성이고 뭐고 그저 취직이 되었다는 사실만으로도 감지덕지해야 하는 경우가 허다하다. 또 많은 경우는 그나마도 직업을 얻지 못해 젊은 20대를 백수로 보내고 있다.

나 역시, 내 꿈과 전혀 상관없는 직장에서 첫 사회생활을 시작했고, 그나마도 그만두고 힘든 백수 생활을 하기도 했다. 간절히 원했던 방송국 아나운서 시험에서는 번번이 떨어졌다. 그렇게 좌절과 실패의 연속이었던 나의 20대. 그러나 나는 결코 포기하지 않았고, 무엇이든 해보려고 시도하고 노력했다. 결국 그런 과정들이 있었기에 나, 유난희는 지금 이 자리까지 왔다.

지금, 꿈을 향해 한발 한발 힘겹게 앞으로 나아가고 있는 젊은 20대 여성들에게 나의 경험담이 도움이 되었으면 하는 바람이다. 우리 사회에서 여성이 성공하기는 아직도 힘들다. 그렇기 때문에 성공한 여성들의 이야기에 우리는 그토록 목말라 하고 있는지 모르겠다. 나 역시도 마찬가지다.

나는 요즘 젊은 여성들이 선배들보다 더 똑똑하고 용감하다고 생각한다. 다만, 아직 그 지혜와 용기를 펼쳐 보일 때가 오지 않았을 뿐이라고 감히 말해주고 싶다. 꿈을 가진 사람, 꿈을 가슴에 품고 흔들리지 않는 사람은 반드시 그 꿈을 이룰 수 있다고 나는 믿는다. 하지만 그 꿈으로 세상을 보는 눈까지 가리지는 말아야 한다. 꿈을 이루기 위해서라도 우리는 더 많은 세상과 만나고, 부딪치고, 때론 산산이 부서지는 아픔도 이겨내야 한다.

지금 당장 무엇이 되겠다고 조급해하지 말아야 한다. 또 당장 그 무엇이 되지 못했다고 포기해서도 안 된다. 자신의 목표를 향해 필요한 것들을 준비하되, 그 외의 많은 것들도 경험할 수 있어야 한다. 지금은 초라한 것 같아도, 언젠가 그 초라함이 성공의 밑천이 되는 날이 반드시 올 것이다.

20대, 자칫 화려한 겉모습에만 치중할 수도 있다. 그러나 알맹이 없는 겉모습은 언제고 한낱 껍데기로 전락할 수 있다는 사실을 잊지 않기를 바란다. 나는 그냥 좋은 데 시집만 가면 그만이라고 생각한다면, 지금 이 자리에서 책을 덮어도 좋다. 그렇지 않고 이 젊은 날을 지나서, 30대, 40대 성공한 여성으로 당당히 서고 싶다면 그 열정을 고스란히 손끝에 실어 책장을 넘겨주기 바란다.

나 유난희 개인은 허점투성이인 평범한 인물이다. 그러나 그것은 여러분도 마찬가지라고 생각한다. 실패가 많아 힘들었지만 꿈이 있어 행복했던 그 시절. 열정에 들떠 아파하고 고뇌했던 나의 20대를 함께 공감할 수 있다면, 그래서 실패에 포기하지 않고 꿈을 잃지 않고, 끊임없이 성실하게 노력한다면 여러분의 30대, 40대는 분명히 달라질 것이다. ***

2. 나의 꿈을 찾아서

아나운서가 되겠다고 결심이 서자, 지금 내가 어떤 학과를 선택해서 공부하고 있는지는 중요하지 않았다.

나의 꿈은 어디로 향해 있는가? 대학 입학 후부터 나의 진로에 대한 고민은 시작되었다. 초등학교부터 고등학교 졸업까지 꼬박 12년을 대학 입시를 위해 공부해야 하는 우리나라 교육 현실. 좋은 대학을 가기 위해 열심히 공부하라고는 하지만, 정작 자신의 꿈과 진로와 관련해서 올바른 학과 선택에 대한 지도는 부족한 것이 아닌가 하는 생각을 한다. 나 역시 이른바 명문대학에 들어갔지만 적성에 맞지 않는 과 공부에 흥미를 느끼지 못하고 겉돌았다.

고등학교 때까지만 해도, 나는 어머니의 뜻대로 음악대학에 진학하기 위해 준비했었다. 초등학교 2학년 때부터 어머니는 나에게 피아노를 가르치셨고, 난 하기 싫은 피아노를 쉬었다 다시 배우기를 반복해가면서 10년을 배웠다. 고등학교 1학년 때 문과, 이과를 정할 때만 하더라도 난 음대를 가기 위해 문과를 택했다.

그런데 본격적으로 진학하기 위한 피아노를 공부하다보니 나에게는 전혀 맞지 않는 적성이라는 것을 느끼게 되었다. 10년 동안 피아노를 배우면서도 그 많은 콩쿨대회에서 입상한 경험이 나에게는 없었다. 난 소질이 없다고 생각하면서도 막연히 음대에 가야 한다고 생각했다. 하지만 고등학교에 들어가 불어를 제2외국어로 선택해 공부하면서 불어 공부에 많은 흥미를 느꼈고 불문과를 나의 첫 진로로 정했다. 하지만 내 뜻대로 되지 않았다.

1984년 봄, 나는 숙명여대 가정관리학과에 입학했다. 사실 불문학을 공부하고 싶었지만 가정과 교사가 되기를 희망하시는 아버지의 뜻으로 불문과를 선택하지 못했다. 지금이라면 아버지의 반대도 무릅썼으련만 스무 살이 되기 전까지만 하더라도 아버지의 말씀을 한 번도 거역하지 않는 착한 딸이었던 난 그렇게 하지 못했다.

본격적인 대학 1학년의 생활이 시작되었다. 내가 공부하고 싶었던 전공이 아니었기 때문에 난 학과에 정을 붙이지 못했다. 그래서 난 놀면서 1학년 1학기의 아까운 시간을 그냥 흘려보냈다. 마치 힘들었던 나의 청춘 고3 시절을 보상받기라도 하듯 미팅에 좇아다니느라, 친구들과 놀러 다니느라 정신없이 보냈다.

그러다 여름 방학이 시작되고 1학기 성적표가 나왔다. 성적은 예상대로 형편없었다. 하고 싶지 않은 공부를 억지로 한 표시가 역력히 났다. 난 심각하게 고민했다. 이즈음에서 나의 진로를 정해야 한다고 생각했다. 가정관리학과에서 계속 공부해야 할 것인지, 아니면 휴학계를 내고 다시 공부할 것인지….

여름방학이 끝나고 학교에 돌아와 보니 나와 같은 고민을 했던 친구가 2명이나 있었다. 그들은 이미 휴학계를 내고 다시 공부한다며 학교에 돌아오지 않았다. 난 갈등했다. 어떻게 할까? 나도 휴학계를 낼까? 하지만 우유부단하게 생각과 고민만 하면서 훌쩍 10월을 맞이하고 말았다. 그런데 아무리 생각해도 자신이 없었다. 휴학계를 내고 고3 시절로 돌아가 공부를 다시 해야 한다는 것이 자신 없었다.

어떻게 해야 하나? 진지하게 고민하던 난 과연 내가 어떤 직업을 택할 것인가에 대해서 생각해보았다. 어린 시절부터 이꿈 저꿈 바뀌어왔지만 그 중에서도 항상 머리를 떠나지 않았던 나의 꿈은 방송국 아나운서가 되는 것이었다. 피아니스트, 약사, 디자이너…. 나의 꿈은 수십 번 바뀌었지만 아나운서만큼은 늘 항상 되고 싶었다.

'그래, 아나운서가 되는 거야.'

그렇게 생각이 정리되자, 지금 내가 어떤 학과를 선택해서 공부하고 있는지는 중요하지 않았다. 그때 친하게 지내던 3학년 학과 선배언니가 있었는데 그 언니와 이런저런 이야기를 하면서 언니가 아는 친구의 언니가 모 방송국 아나운서라는 것을 알게 되었다. 언니는 나에게 아나운서들은 학과에 제한이 없으니까 누구나 도전할 수 있지만 어문계열 출신이 많은 것 같다는 정보를 주었다.

그 말에 난 휴학을 포기했다. 그리고 나의 적성에 맞지 않는 학과라면 대안을 찾아보기로 했다. 부전공에 눈길이 갔다. 그 당시 부전공을 선택하는 친구들은 별로 없었다. 우리나라에서는 학부에서의 부전공을 알아주지 않기 때문이다. 하지만 난 방송국 시험을 보기 위해서 영문학과를 부전공으로 선택하기로 했다. 놀면서 1학기를 보냈던 난, 늘 그렇고 그런 미팅에도 시들해졌고 1학기 때 놓친 평균 점수를 만회하기 위해 열심히 공부했다. 2학년에 올라가서는 학과 공부에 더 충실하면서 바쁜 나날을 보냈다. ***

3. 아르바이트를 통해 세상을 배우다

아르바이트를 통해서 자신의 적성을 발견할 수도 있고, 사회생활에 필요한 많은 경험들을 쌓을 수 있다.

대학에 들어가서 아르바이트를 시작했다. 지금이야 고등학생들도 아르바이트를 하지만 그 당시만 하더라도 나는 대학생의 멋은 '아르바이트'를 하는 것이라고 생각했다. 고등학교까지만 하더라도 부모님께서 모든 것을 해주시지만 스무 살 대학생이 되면 가장 먼저 내 능력으로 용돈을 벌고 싶었다.

첫 아르바이트는 '피아노 교습'이었다. 비록 어머니 뜻대로 피아니스트가 되지는 못했지만 그래도 오랫동안 피아노를 배운 덕분에 아르바이트를 할 수 있었으니 아주 헛일은 아니었던 셈이다. 옆집에 사는 4~5살짜리 꼬마들에게 피아노를 가르쳤는데, 6개월 정도 아주 열심히 가르치며 용돈을 벌었다.

이후에도 아르바이트를 참 많이 했다. 내가 직접 일하면서 돈을 버는 것도 재미있었지만 어린 나이에 아르바이트를 통해 사회를 배우고 많은 경험을 하면서 사는 것이 재미있다는 것을 느끼게 되었다.

학교 앞 분식점 서빙 아르바이트(그때 시간당 400원을 받았다.), 학교 앞 커피숍 서빙 아르바이트, 커피숍 DJ, 패스트푸드점 홀 아르바이트, 대기업 설문조사 아르바이트, 백화점 판매 아르바이트 그리고 과외. 대학생 신분으로서 내가 할 수 있는 일은 주로 그런 것이었다.

그런데 이상하게도 난 가르치는 것에서는 흥미를 느끼지 못했다. 어쩌면 남의 눈치 안 보고 나의 소신껏 할 수 있는 것은 과외나 피아노 교습이었는데도 재미를 느끼지 못했다. 그보다는 서빙이나 설문조사처럼 돌아다니면서 하는 아르바이트가 돈은 적지만 훨씬 액티브하고 다이나믹하게 느껴졌다. 그리고 내가 하는 만큼 상대방의 반응도 빨리 파악할 수 있었다. 일단 사람들의 체취를 느낄 수 있는 생생한 느낌이 좋았다.

학기 중에는 물론이고 방학 때마다 아르바이트를 하지 않은 적이 없었다. 난 상대방에게 부탁하는 것을 무척 싫어하는 성격이다. 그렇다보니 자급자족해야 하는 일이 많은데 그런 것은 가족들에게도 표현되어 난 부모님께 등록금 달라는 소리가 하기 싫었다. 얼마만이라도 내가 벌어 등록금에 보태고 장학금을 받아 보탰다. 우리집은 대단한 부자도 아니었지만 그렇다고 가난하지도 않았다. 별 부족함 없이 여유로웠는데 사남매 중에서 아르바이트를 한 사람은 유일하게 나 혼자였다. 상당히 독립적인 둘째의 성격이 그대로 드러난 것이다.

2학년 1학기가 끝나갈 무렵, 학교 신문에 난 롯데쇼핑 대학생 아르바이트 모집공고를 보게 되었다. 여름방학 동안 롯데쇼핑(현재 롯데백화점)에서 한 달간 일할 대학생 아르바이트를 구하는 것이었다. 난 주저 없이 신청했다. 재미있는 경험이 될 것 같았다. 한 번도 판매라는 것을 해보진 않았지만 우리나라 최대의 백화점에서 그것도 화려한 공간에서 아르바이트를 할 수 있다는 것은 당시 어린 학생인 나로서는 분식점 서빙 아르바이트보다 훨씬 멋져 보였기 때문이다. 그리고 시간당 급료도 600원으로 좋은 편이었다.

여름방학 시작과 함께 롯데쇼핑 아르바이트가 시작됐다. 첫 소집이 있던 날, 많은 대학생들이 모였다. 남학생들은 주로 상품을 운반하는 곳에 배치되었고 여학생들은 각층 매장에 배치되었다. 난 그때 지하 식품부에서 근무했으면 하고 은근히 바랐지만 나에게 배치된 장소는 3층 숙녀복 샤롯데(롯데쇼핑 PB 브랜드 여성복) 매대였다. 에스컬레이터를 타고 3층으로 올라오면 바로 보이는 곳에 매대를 설치해놓고 샤롯데 블라우스를 판매하는 것이었다.

물론 나는 전문 판매 여직원 옆에서 보조하는 대학생 아르바이트에 불과했다. 매장에 배치되기 전 어떻게 고객을 응대해야 하는지 기본 인사법부터 상냥한 미소 짓는 법, 말씨, 행동 등을 교육받았다. 그러나 정작 어떻게 판매해야 하는지는 전혀 몰랐다. 한번도 해본 적도 없었고 관심 있게 본 적도 없으니까. 난 그저 화려한 백화점에서 일하고 돈을 번다는 것에 신났던 것 같다.

판매는 주로 판매원 언니가 도맡아서 했다. 난 식사 교대시간 혹은 휴일에 사람이 붐빌 때 고객을 응대하면서 조금씩 조금씩 판매를 배워나갔다. 처음에는 고객에게 응대하는 인사도 잘 되질 않아 기어가는 목소리로 말했다. 손님이 옷을 보고 그냥 뒤돌아 갈라치면 "안녕히 가세요." 하고 씩씩하게 인사했다. 그러면 판매원 언니는 다시 한번 손님을 붙잡고 판매를 권유하는 것이었다. 고객을 그렇게 보내버리면 어떻게 하냐고 꾸중도 들었다. 하지만 난 첫 1주일간은 판매원이 아니라 대학생 아르바이트며 난 고객이라고 착각하고 있었던 것 같다.

그렇게 1주일이 지나고 2주일이 어떻게 지났는지 모르게 시간이 흘러갔다. 그러던 어느 날, 함께 있어주던 판매원 언니가 며칠 결근을 하게 되었다. 바쁘지 않은 평일이라 더 이상의 인원은 충원되지 않았고 혼자서 매대를 지켜야 했다.

2주일간 판매원 언니와 함께 있으면서 배웠던 것들을 조금씩 조금씩 나도 실천해보았다. 그런데 신기하게도 손님들이 하나둘씩 모여들기 시작했다. 손님들이 물어보지도 않았는데 난 블라우스가 어떤 디자인이며 어떤 소재인지 그리고 입으면 어울리는지 안 어울리는지 입어보시라고 하고, 어울리지 않는 손님에게는 솔직하게 어울리지 않는다고 하면서 돌려보냈다. 그러면 손님은 다시 한번 나의 얼굴을 보고 가슴에 부착된 '대학생 아르바이트'라는 배지를 보곤 '음, 아르바이트 학생이군.' 하면서 웃으시는 것이었다. 손님들이 모여들기 시작했고 난 점심시간도 놓친 채 판매를 했다. 배가 고픈데도 고픈 줄 몰랐다.

그렇게 힘들게 서서 일하길 3일째 되던 날, 판매언니가 한분 오시더니 고생한다며 잠깐 휴게실에 들어가서 쉬라고 했다. 괜찮다고 했지만 언니는 쉬라고 나를 배려했고 난 처음 직원휴게실이라는 곳에 들어가 보았다. 문을 열고 들어간 순간 깜짝 놀랐다. 내 또래의, 혹은 나보다 나이가 적거나 많거나 할 것 없이 많은 판매 여직원들이 그야말로 피곤에 지쳐 여기저기 소파에 쓰러져 있는 것이었다. 그때 처음 알았다. 판매원들의 수고로움을…. 그런데도 난 쇼핑하면서 저 판매원은 친절하지 않다는 둥, 인상이 밝지 않다는 둥 타박했었다. 나 역시 퉁퉁 부은 다리를 두드리며 앉았는데 옆에 쓰러져 있는 판매원들이 무척 안쓰러웠다. 그래도 난 대학생 아르바이트라고 좀 편하게 배려를 받은 것 같다. 하지만 그들은 아니었다. 가슴이 아팠다.

그러던 어느 날, 숙녀복 3층에 사건이 일어났다. 그날도 폐점식을 마치고 마지막 뒷정리를 하고 있는데 숙녀복 담당 N과장님께서 굉장히 화가 나신 얼굴로 모든 여직원들을 불러 모으는 것이었다. 백화점 매장은 영업이 끝나고 나면 에어컨도

꺼진다. 그때는 7월말로 한 여름이었다. 매장은 후끈후끈 달아오르고 있는데 과장님은 모두 모이라고 하며 굉장히 무서운 얼굴로 화를 내셨다. 이유인즉슨 그날 3층 숙녀복 어느 매장에서 여성고객의 항의가 있었던 것이었다. 판매원의 불친절로 이야기가 불거졌고 급기야 윗사람에게까지 고객의 컴플레인이 올라갔던 것이다.

판매사원들의 친절도에 대한 교육 지시가 다시 떨어졌다. 아마도 그 고객의 항의가 상당히 심각할 정도로 컸던 것 같다. 과장님은 고객은 왕이라는 말씀을 하시면서 왜 친절하게 응대해야 하는지 판매원의 기본 정신자세는 어떠해야 하는지 아주 무섭게 불호령을 내렸다. 실내 온도는 푹푹 찌고 하루 종일 서서 일한 우리는 다리가 퉁퉁 붓고 정말 쓰러질 지경이었다. 어찌나 무섭게 혼내셨는지 한쪽에서 여직원들이 하나둘씩 훌쩍훌쩍 울기 시작했다. 과장님은 한쪽에 모여 있는 우리 아르바이트생들을 보더니 너희들은 집에 가라고 하셨지만 우리는 그럴 수 없었다. 그냥 그대로 함께 혼나고 있었다.

과장님은 아주 기본적인 고객응대부터 다시 교육을 하더니 인사법부터 따라하라고 하셨다. 과장님께서는 '어서 오십시오.', '무엇을 도와드릴까요?', '감사합니다.', '또 들러주십시오.' 라는 인사 단계를 알려주시며 90도 각도로 인사를 먼저 하고 모두 자기를 따라하라고 말씀하셨다. 그렇게 인사 연습을 몇 번 했는지 모른다. 아마 수십 번을 한 것 같다. 다리는 후들거리고 땀은 줄줄 흘러내리고 울고 있는 여직원들도 있었다. 하지만 그 어느 누구도 쓰러지지 않았다. 판매원과 우리 아르바이트생들은 인사 연습을 하면서 고객 응대법을 다시 연습했다. 한참을 혼낸 과장님은 모든 여직원들에게 앉으라고 하셨다. 그러자 누가 먼저랄 것도 없이 그냥 바닥에 철퍼덕 앉았다.

그런데 너무 놀란 것은 과장님의 태도였다. 혼낼 때 너무나 무서운 호랑이 선생님 같던 그 분의 목소리가 부드러워지시며 "너희들이 힘든 것을 안다."라는 말씀과 함께 판매원 한사람 한사람을 위로하시는 것이었다. 본인이 왜 판매 여직원들을 혼냈는지 왜 판매원들이 친절해야 하는지 어떻게 행동해야 하는지 다시 말씀하면서 판매원들을 위로하셨다. 그러자 한쪽에서 설움에 복받친 듯 여직원들이 울기 시작했다. 판매원들이 고객으로부터 받는 스트레스를 직접 겪어보지 않고 그 누가 알겠는가? 나도 눈물이 흘러내렸다. 난 사실 깊은 충격을 받았다. 과장님의 카리스마와 따뜻한 인간성에 놀랐고 아직 나이 어린 판매원들이 안쓰러웠다. 과장님은 다리를 두드리는 여직원의 다리를 함께 두들겨주시면서 우리 함께 열심히 잘해보자고 말씀하셨다. 그 광경이 너무 인상적이었다.

그리고 잠시 후 과장님은 남자 계장들에게 수박을 가져오라고 하셨다. 지하 식품부에서 깨져서 판매하기 곤란한 수박을 그날 훈계 후 3층 여직원들에게 주려고 미리 부탁해놓으신 거였다. 그날 늦은 한여름 밤 에어컨도 나오지 않는 어둑어둑한 백화점 매장 바닥에 철퍼덕 앉아 판매원 언니들과 과장님, 계장님들과 함께 눈물로 범벅된 수박을 먹으면서 보냈던 그 시간을 잊을 수 없다. 고객은 철저하게 왕으로 대접하라는 과장님의 그 자세는 쇼호스트로 일하고 있는 지금까지도 항상 잊지 않고 생각하는 마음자세이기도 하다.

밤 10시가 넘어 밤하늘의 별을 보며 집으로 돌아오면서, 나는 삶의 현장에서 일하는 것이 얼마나 큰 공부이며, 내가 이 공부를 얼마나 좋아하는지 깨닫게 되었다. 그 후 약속된 한 달의 시간이 지났지만, 나는 과장님의 부탁으로 한 달 간 더 아르바이트를 하게 되었다. 내가 보조로 일하고 있던 샤롯데 블라우스 매대 코너가 판매 실적이 좋았던 모양이었다. 난 백화점에서 판매하는 아르바이트가 그 어떤 아르바이트보다 재미있었기 때문에 오히려 감사한 마음으로 여름방학이 끝나는 날까지 아르바이트를 계속했다.

아르바이트를 하면서 세상을 참 많이 알게 되었다. 아니 많이 배우게 되었다. 무엇보다 가장 중요한 것은 남을 배려하는 마음이었다. 음식점에서 서빙하는 아르바이트도 그렇고 판매 아르바이트도 그렇고 설문조사도 그렇다. 일단 상대방의 마음을 편안하게 해주고 배려해주지 않으면 안 되는 것이었다.

결국 사회생활을 잘하려면 내가 먼저 우선이 되는 것이 아니라 남을 먼저 배려할 줄 알아야 한다는 것을 난 어린 나이에 일찍 깨닫게 되었다. 그리고 또 중요한 것은 성실함이었다. 사회는 아주 열심히 일하는 사람을 필요로 했고 그런 사람을 좋아했다.

특히 아르바이트는 열심히 일하지 않으면 금방 해고당하기 십상이었다. 일을 하려면 성실히 해야 하고 아주 잘해야 한다는 것을 아르바이트를 통해서 배웠다. 그냥 시간 때우기 식의 일은 아니 함만 못하다는 것을 배웠고 그것은 회사뿐만이 아니라 자기 자신에게 가장 치명적인 시간 낭비라는 것을 알게 되었다.

또한 돈을 번다는 것은 결코 만만한 일이 아니라는 것을, 하지만 내가 열심히 하면 열심히 한 만큼 벌 수 있다는 것도 알았다. 나는 나와 다른 일을 하는 사람들을 만나는 것이 좋았다. 왜냐하면 그 사람들을 통해 세상의 여러 모습을 볼 수 있기 때문이다. 이 세상에서 눈에 보이는 그 어떤 것도 중요하지 않은 것이 없었다.

대학생들이 아르바이트를 많이 해봤으면 좋겠다. 아르바이트를 통해서 어떤 일을 할 때 가장 재미를 느끼는지 적성도 알게 되고, 많은 아르바이트의 경험이 축적되어 나중에 사회인이 되었을 때 현명하게 일을 잘할 수 있게 되기 때문이다. 그 어떤 종류의 아르바이트도 보잘것없는 것은 없다. 아르바이트는 젊은 시절 얻을 수 있는 최대의 선물이다. 돈을 벌고 안 벌고는 중요한 것이 아니다. 아르바이트를 통해서 돈 주고도 배울 수 없는 세상을 배우게 되기 때문이다. ***

4. 아나운서가 되고 싶어!

　오전에는 학교 수업을 듣고 저녁에는 한국방송예술원에서 아나운서 과정을 공부했다. 가장 하고 싶은 일을 하기 위해 나는 매일매일 열심히 연습했다.

　어렸을 때 나는 마이크를 통해 들려오는 내 목소리를 듣는 것이 좋았다. 아버지가 마이크를 오디오에 연결해 주시면 난 그 마이크를 잡고 하루 종일 말하고 노래하곤 했다. 그러면 아버지는 녹음을 해서 나에게 다시 들려주셨다. 그때부터 나의 꿈은 색깔과 형태를 달리하면서 조금씩 변했지만, 결국 결론은 아나운서였다.

　그러나 이상하게도 방송과는 인연이 잘 닿지 않았다. 학창 시절에 방송반 활동을 하고 싶었지만 공교롭게도 한 번도 방송반 활동을 한 적이 없다. 중학교, 고등학교 신학기가 되면 방송반 면접을 봤지만 항상 탈락이었다. 대학에 입학해 대학 방송국에 들어가기 위해 준비했지만, 운 나쁘게도 시험이 있던 날 심한 감기 몸살로 앓아눕는 바람에 결국 대학 방송국 시험 볼 기회도 놓치고 말았다.

　하지만 대학 입학 후 진로에 대한 고민 끝에 아나운서가 되겠다고 마음먹은 이상 꿈을 향해 좀 더 과감하게 움직일 필요가 있었다. 대학교 2학년 2학기가 시작되었을 때 과에서 성적순 13명 안에 들면 교사 자격증을 이수할 기회가 주어졌고 나 역시 그 자격을 얻었지만, 나는 교직 과목 대신 영문학을 부전공으로 선택했다. 마지막 접수 날, 조교 언니가 날 불렀다.

"왜, 교직 과목을 선택하지 않니? 졸업하고 취직되지 않으면 교사 자격증이라도 있으면 좋잖아. 자격증을 따두어야 하지 않을까?"

"전 교사가 될 생각이 없어요. 전 방송국 시험 볼 거예요. 교사가 될 생각은 한번도 해본 적이 없어요. 생각이 없는데 뭐 하러 자격증을 따죠?"

나의 말에 조교 언니는 의아해했다. 그리고 방송국 시험이 어려워서 떨어질지도 모르니 만약을 대비해서라도 교직 과목을 이수하라고 다시 한번 충고했다. 그러나 나는 결코 내 뜻을 굽히지 않았다. 그렇게 난 방송국에 들어가고 싶어서 교직 과목 이수를 포기했다. 그리고 내가 포기한 그 기회는 다행히도, 교직 과목을 이수하고 싶었지만 13등 안에 들지 못했던 과 친구에게 주어졌다. 내가 가정관리학과를 졸업해 가정과 교사가 되기를 바라셨던 아버지는 한참 후에야 내가 교직 과목을 이수하지 않은 것을 알고 무척 화를 내셨다.

영문학과 과목 수강을 하다보니 친하게 어울려 다니던 과

친구들과 함께 할 시간이 줄어들었고 나 혼자 보내야 하는 시간이 많았는데, 남는 시간을 내 마음대로 활용할 수 있어서 좋았다. 나는 그 시간에 짬짬이 아르바이트를 했고, 도서관에서 아나운서가 되기 위한 언론사 시험 공부를 했다.

그렇게 바쁘게 2학년 2학기를 보내고, 3학년 1학기가 시작될 무렵 집에서 신문을 뒤적이다 '한국방송예술원'에서 수강생을 모집한다는 반가운 광고를 보았다. 아나운서 과정에 등록해 공부할 대학생들을 모집한다는 내용과 함께 그 예술원을 졸업하고 KBS에 합격한 여성의 사진이 함께 실려 있었다. 혼자서 막연하게 공부하던 나는 희망이 보이는 것 같아 흥분되었다. 그곳에서 아나운서 공부를 마치기만 하면 원하던 방송국에 입사할 것만 같았다.

나는 곧바로 여의도에 있는 한국방송예술원을 찾아가 원서를 접수했다. 그리고 1주일 후 아나운서 과정에서 수강할 수 있는 합격 통지서를 받았다. 사실 대학 합격 통지서를 받았을 때보다 더 흥분되고 기뻤다. 마치 방송국에 합격이나 한 것처럼 기분이 좋았다.

오전에는 학교 수업을 듣고 저녁에는 한국방송예술원에서 아나운서 과정을 공부했다. KBS 김상준 아나운서를 비롯해 현직에 있는 아나운서들이 직접 오셔서 방송언어와 표준어 사용방법, 마이크 사용법 등 아나운서가 되기 위해 필요한 여러 가지를 가르쳐 주셨다. 그때는 텔레비전에서 보던 아나운서들의 얼굴을 보는 것만으로도 좋았다.

나는 평상시 말의 속도가 많이 빠르고 혀 짧은 소리도 가끔 난다는 지적을 받았다. 그래서 일단 말의 속도를 고치기 위해서 노력했다. 신문과 수필을 소리 내어 천천히 읽는 연습을 했다. 말이 빠르다보니 발음도 정확하게 들릴 리가 없었다. 한 글자 한 글자 또박또박 읽는 연습을 매일매일 했다. 혀 짧은 소리를 고치기 위해 연필을 입에 물고 책 읽는 연습을 했다. 이것도 매일매일 연습했다. 라디오에서 아나운서들의 뉴스를 녹음해서 듣고 따라하고 또 듣고 그렇게 나의 발음과 속도를 조절하며 고쳐나갔다. 쉬운 일은 아니었다. 하지만 내가 가장 하고 싶은 일을 하기 위해서였기 때문에 힘들기보다는 재미있었다. 그렇게 나의 단점들을 고쳐나갔다.

드디어 6개월 교육 과정이 끝나가고 있었다. 그러나 한국방송예술원을 마치면 쉽게 아나운서가 될 것이라고 생각했던 나는 냉정한 현실에 부딪혔다. 한국방송예술원을 졸업하고도 나에게는 기회가 없었다. 어느 동기생은 교육 중에 PD에게 발탁되어 방송국에서 리포터로 화려하게 데뷔했지만 나에게는 기회가 쉽게 오질 않았다.

아마 지금 이 글을 읽고 있는 20대 젊은 여성들 중에도 방송과 관련한 직업에 관심이 많은 사람이 있을 것이다. 그 사람들에게 꼭 당부하고 싶은 것이 있다. 나의 경우도 그랬지만, 방송 관련 아카데미에 등록만하면 저절로 취직이 되는 것이 아니라는 것을 알고 있어야 한다. 그 많은 수강생 중에서 정말 두각을 나타내서 원하는 방송 분야에 진출하는 경우는 소수에 불과하다. 물론 혼자 준비하는 것보다 전문교육기관에서 체계적인 훈련을 받는 것은 당연히 더 유리하다. 하지만 스스로의 피나는 노력이 없다면 아무리 좋은 교육을 받아도 소용이 없다는 것을 꼭 알아주기 바란다.

일례로 이런 일이 있었다. 한국방송예술원에 다니던 시절, 하루는 수업을 마치고 아나운서 지망생 친구들이 데스크에 모여서 이런저런 이야기를 나누고 있었다. 그런데 누군가 호탕하게 웃으며 "안녕하세요?"라고 인사를 하는 것이었다. 우리는 일제히 그 사람을 쳐다보았다. 그 사람은 자신을 연기자 과정 강의를 듣고 있는 연기자 지망생이라고 소개했다.

"제가 앞으로 대한민국의 유명한 배우가 될 텐데, 혹시 미리 제 사인을 받아놓지 않으시겠어요? 너무 유명해진 다음에는 사인받기도 힘들 테니까요."

그 사람은 그렇게 웃으면서 농담을 했다. 우리들 역시 유쾌하게 웃으며 농담을 받아주었다. 그때 나는 속으로 '배우는 뭐 아무나 되나?' 하고 생각했다.

그런데 몇 년 후, 그 사람은 정말 유명한 배우가 되어 스크린에 모습을 나타냈다. 연기도 좋았지만 특히 코믹 연기가 뛰어난 그는 승승장구하더니 외국 영화에까지 진출하는 등 배우로서 성공했다. 지금도 그 특유의 호탕하고 좋은 인상으로 스크린에서 모습을 보이는 배우 P씨가 바로 그였다. 나는 그가 방송예술원 시절, 얼마나 성실하고 노력하는 사람이었는지, 그리고 인간성 좋은 사람이었는지 종종 이야기를 들었다.

당시 그와 함께 연기 공부를 했던 동기 중에 과연 몇 명이나 그런 유명 배우가 되었을까? 아마 모르긴 몰라도 P씨를 제외하고는 극소수에 불과할 것이다. 배우가 되는 사람이 따로 있는 것은 아니다. 그러나 본인의 하고자 하는 열정과 열심히 노력하는 성실함이 끊임없이 지속될 때 꿈은 현실로 나타나는 것이다.

나는 잘나가는 배우 P씨를 스크린에서 보면서 예전에 속으로 비웃었던 것을 후회했다. 그리고 이렇게 생각했다. '그때 사인 받아놓을 걸…' ***

5. 짧았던 공중파 방송국과의 인연

아나운서 교육 과정을 수료했지만 나에게는 좀처럼 방송의 기회가 오지 않았고, 어렵게 준비했던 방송국 아나운서 시험에서도 모두 낙방했다.

한국방송예술원 아나운서 교육 과정 중 몇몇 동기생은 강의하러 온 PD분들에게 발탁되어 방송 리포터로 활동하기도 했다. 지적받은 발음과 말의 속도, 혀 짧은 소리를 고치면 나에게도 언젠가 기회가 주어질 것이라 생각했다. 그런데 6개월 과정을 마치고 수료했지만 나에게는 그런 기회가 좀처럼 오지 않았다. 난 점점 의기소침해졌다. 다른 친구들은 이미 리포터로서 방송을 하고 있는데 나에게는 그런 기회조차 멀게만 느껴졌다. 난 안되려나 보다 생각했고 자신감이 없어지기 시작했다.

그렇게 별다른 성과 없이 우울한 대학 3학년 여름방학을 보내고 있던 중 한국방송예술원으로부터 한 통의 전화가 걸려왔다. KBS 1TV에서 한강 개발과 관련한 특집 프로그램을 제작하는데 리포터를 해보라고 전해왔다. 나는 뛸 듯이 기뻤다. 하늘같이 높게만 느껴졌던 방송국의 문을 드디어 넘게 되었다고 생각했다.

　방송은 북한강과 남한강이 만나는 충청도의 교차 지점에서 1박 2일 코스로 촬영되었다. 내 생전 처음으로 하는 방송 리포터 일이었다. 하루 종일 촬영을 하고 수십 번 재촬영을 했지만 조금도 힘들지 않았다. 그렇게 녹화를 통해 방송에 첫 입문을 한 셈이다. 난생 처음 방송 스태프들과 지방 출장을 가서 일했던 경험은 나에게 방송이라는 매력을 더 강하게 느끼게 해주었다. 나의 몫은 그리 크지 않았지만 사람들과 부대끼며 함께 어울리면서 작업하는 것이 좋았다. 그리고 작은 모니터를 통해 비친 나의 모습이 신기하기만 했다. 물론 그때 대학 3학년 학생의 화장기 없는 맨얼굴로 화면에 나타난 나의 모습은 어찌나 촌스럽던지….

　나의 첫 리포터 방송이 전파를 타던 날, 난 너무 부끄럽고 쑥스러워서 음식점에서 몰래 텔레비전을 힐끗힐끗 쳐다보았다.

　3주일 후 KBS 3TV(현 EBS)에서 학교탐방 리포터를 하자는 제의가 또 들어왔다. 난 드디어 방송국에서 일할 기회를 얻었다고 다시 기뻐했다. 당시에는 정식 시험을 통해서 입사하는 아나운서를 제외하고 아침 방송 리포터를 비롯한 주부 리포터 등 리포터가 서서히 각광받을 때였다. 하지만 기쁨도 잠시, 나의 리포터 일은 2번의 경험으로 그렇게 끝나고 말았다.

　여름방학이 끝나고 나는 학교로 돌아왔고, 다시 방송국 입사시험에 열을 올렸다. 학교 수업이 끝난 후에는 종로의 한 학원에 다니면서 영어를 준비했고 도서실에서 국어, 영어, 시사 상식, 논술을 공부했다. 신문의 논설을 스크랩해 분석하고 외우는 일도 빠뜨리지 않았다. 그렇게 3학년 2학기부터는 본격적으로 언론고시를 준비하며 4학년을 맞았다. 마음은 더더욱 바빠졌다.

드디어 4학년 가을, 기다리던 KBS, MBC 두 공중파 방송국 아나운서 시험에 응시했다. 두 곳 모두 1차 서류시험은 통과했다. 2차 시험은 카메라 테스트와 실기시험이었다. 시험장에 실기시험을 보러 갔을 때 난 하나같이 아름다운 지망생들의 모습에 기가 죽었다. 마치 미스코리아 대회를 연상케 했다. 나 역시 방송예술원에서 이미 들은 정보가 있어서, 카메라 실기시험을 보기 위해 당시 유명했던 명동의 M미용실에서 8만 원이라는 거금(당시 대기업 신입사원 월급이 35만 원 정도였다.)을 주고 방송용 메이크업을 받았고 백화점에서 새 옷도 사 입었다. 그런데 대학 시절 한 번도 화장을 해본 적이 없었던 나는, 미용실에서 받은 화장이 마치 도깨비처럼 보여서 그렇게 어색하고 미워 보일 수가 없었다. 시험장에서 나보다 키도 훨씬 크고 세련된 많은 지망생들을 보고 화장실로 가서 거울에 내 모습을 비춰봤다. 스스로의 모습에 무척 위축되었다.

원고를 읽는 실기시험은 자신 있었다. 그동안 피눈물 나게 아나운서 방송교본을 줄줄 외우듯 공부했고, 신문 사설을 오려

스크랩해 다니면서 국어사전을 찾아가며 단어 하나하나 장단음까지 맞춰 소리 내어 읽기를 연습했기 때문이다. 그런데 뉴스 원고를 읽고 난 후, 나는 심사위원으로부터 추가 질문을 받지 못했다. 내 생각에는 꽤 잘 읽었다고 생각했는데 그만 됐으니 나가도 된다는 말뿐이었다. 그래도 난 2차 카메라 테스트를 보고 결과를 기다리면서 내심 합격할 거라고 믿고 있었다.

그러나 방송국 두 곳의 아나운서 시험에서 나는 모두 낙방했다. 불합격이 믿기지 않아 합격자 명단에서 수험번호가 없는 것을 확인하고도 다시 전화를 걸어 재차 확인했다. 그것은 큰 시련이었다. 교직 과목도 포기하면서 오로지 한곳만을 위해 방송예술원으로 영어학원으로 도서실로 쫓아다녔던 나에게는 그야말로 허무한 결과였다. 눈물이 났다. 나를 믿고 지지해준 어머니께 눈물을 보이기 싫어 내 방에서 혼자 울었다.

불합격 소식을 듣고 낙담해 모든 희망을 잃고 외출도 않고 방에 들어앉아 있는데, 방송예술원에서 함께 공부했던 O씨에게서 전화가 왔다. 그녀는 시험을 봤던 두 곳 중 한 방송국에서 합격 통지를 받았다고 했다.

"잘 됐구나. 축하한다."

축하 인사를 하면서도 나는 기분이 무척 우울했다.

"그래, 고맙다. 너도 다음엔 꼭 좋은 소식 있을 거야."

그녀는 그런 나의 마음을 눈치챘는지 기회는 또 있을 거라며 위로해주었다. 사실 그녀도 그 시험이 처음은 아니었다. 나와 나이는 같지만 생일이 빨라 학번이 빨랐던 그녀는 이미 지난 해 방송사 시험에서 실패하고 일반 회사를 다니면서 다시 시험을 본 것이었다. 낮에는 직장에서 일하고 퇴근 후 밤에는 방송예술원에서 공부를 했던 그녀는 재도전 끝에 성공한 것이었다. 나는 평소 그녀가 나보다 훨씬 예쁘다고 생각했었다. 게다가 그녀는 대학방송국 출신이었고, 나보다 아나운서 멘트 하는 것이 훨씬 더 잘 교육되어 있었다. 어쩌면 그녀의 합격은 당연한 결과인지도 모른다고 생각했다.

한동안 우울한 상태로 지냈다. 나와 방송예술원에서 공부한 동기, 선배, 후배 들은 하나둘씩 지방 방송국의 아나운서로, 리포터로 취직이 되어 떠나갔다. 설상가상으로 그 즈음 나는 사귀고 있던 남자친구와도 결별을 했다. 그 친구는 우울해하는 나에게 그런 시험에도 떨어지냐며 핀잔을 주었다. 사실 남자친구가 그런 말을 한 것은 내가 취업을 포기하고 대학원에 진학해 함께 공부하기를 원했기 때문이었다. 그러나 자존심에 큰 상처를 입은 나에게 그런 그의 마음은 이해되질 않았고 내 자존심은 더 심하게 뭉개졌다. 당시 내 심리상태가 삐딱했던 것 같다. 그렇게 4학년 마지막 방학을 보내고 졸업을 할 때까지 나의 우울함은 지속되었다.

지금 와서 생각해보면 나는 유독 공중파 방송과는 인연이

별로 없었던 것 같다. 그 후로 여러 차례 지방 방송국 아나운서
시험도 응시했지만 번번이 떨어졌으니 말이다. ***

6. 첫 직장 생활과 힘겨웠던 백수 시절

적성에 맞지 않은 첫 직장 생활은 오래가지 않았다. 힘겹고 우울한 백수시절 동안 묻어두었던 아나운서의 꿈이 다시 꿈틀대기 시작했다.

졸업을 앞둔 4학년 겨울방학, 나는 매일 아침 책가방을 들고 시립도서관으로 향했다. 사실 방송사 시험에 떨어진 후 실망이 너무 커서 다시 공부할 의욕도 나지 않았다. 그래도 그냥 그 상태로 집에서 하루 종일 빈둥거리며 긴 방학을 보내기는 싫었다. 더구나 적지 않은 방송예술원 등록금을 대주신 부모님 얼굴 뵙기도 면목이 없었다.

나는 도서관에서 매일매일 신문을 뒤적였고 구인난부터 찾는 버릇이 생겼다. 요즘도 취직이 어렵다고들 하지만, 그 당시에도 대학 졸업한다고 저절로 취직이 되는 것이 아니었다. 더군다나 여대를 졸업한 여성들의 취업은 더욱 쉽지 않은 형편이었다. 때문인지 주변에 취직 대신 대학원에 진학하거나 결혼을 하는 친구들도 많았다. 하지만 나는 대학을 졸업하면 무조건 취직하겠다고 생각하고 있었다.

생각보다 많은 취직되지 않은 졸업생, 그리고 복학생들이 모여 있는 도서관은 참 우울한 분위기였다. 그 틈에서 나는 신문구인난에 난 광고에 빨간 색연필로 동그라미를 그려가면서 이력서를 쓰고 면접을 보러 가고 또 이력서를 쓰고 면접 보기를 반복했다. 주로 신문하단에 작은 구인광고를 낸 회사에서는 고졸 학력의 서무나 경리를 볼 여직원을 찾았다. 그런 곳에서는 나 같은 사람은 필요로 하지 않았다. 내가 들어가고 싶은 큰 회사는 날 원하지 않았다. 간간히 별로 내키지 않는 곳에서는 다시 한번 얼굴을 보자고 전화가 왔지만 결국 그렇게 취직을 하지 못한 채 해는 바뀌고 있었다.

1988년 졸업을 한 달 정도 앞두었을 때, 갑자기 과 사무실에서 전화가 왔다. 광화문에 있는 무역 벤처회사의 사장실 비서직에 응시해보라는 것이었다. 나는 잠시 아나운서의 꿈은 접어둔 채 일단 취직이 되었으면 하는 마음에 그 회사로 가 시험을 치렀다. 시험은 영어를 꽤 잘하는 현직 비서와 직접 영어로 면접을 보는 것이 전부였다.

난 합격을 했고, 당당하게 부모님께 취직되었다고 말씀드렸다. 그것이 아르바이트가 아닌 나의 첫 직장 생활이었다. 첫 월급은 25만 원이었다. 대기업은 아니었지만 그 회사의 이미지가 마음에 들었다. 비서라는 직종은 한번도 생각해본 적 없었지만 졸업하고도 부모님께 손을 벌릴 수는 없었기에 취직이 된 것만으로도 다행이라고 생각했다. 어머니도 기쁜 마음으로 새

옷과 새 구두, 핸드백을 장만해주시며 격려해주셨다.

첫 한 달간은 업무를 익히기 바빴다. 난 이때 '그래, 방송국 아나운서가 되지 못한다면 전문 비서가 되어보자. 최고 비서가 되어 보자.'라고 생각했다. 그런데 회사 분위기를 익히고 두 달, 석 달이 지나도 나에게 전문적인 비서 업무는 주어지지 않았다. 이미 있던 선배 비서 언니가 사장님 스케줄이나 문서 업무 등 중요한 일은 모두 진행했다. 그 언니는 홍콩에서 공부를 해 나보다 영어회화 실력이 훨씬 좋았고 비서학교를 졸업한 사람이라 업무능력도 탁월했다. 그러니 나 같은 신입에게 중요한 업무를 맡기기가 불안했던 모양이다. 나에게 맡겨진 업무는 문서 복사나 커피를 타는 아주 기본적인 일뿐이었다. 그러다보니 점점 일이 재미없어지고 비서라는 직종이 나에게 맞지 않다는 생각이 들었다.

6개월 정도 지난 어느 날, 비서 언니가 이른 여름휴가를 다녀오게 되었다. 언니가 일주일 간 사무실을 비우게 되자, 처음으로 나 혼자서 비서업무를 보게 되었다. 그동안 시시한 일만 하던 나는 모처럼 주어진 기회를 살려 잘해보리라고 다짐했다. 언니는 휴가 가기 전 날, 빼곡하게 서류가 정리되어 있는 여섯 개의 서류철 서랍을 열어 보여주며 어디에 어떤 서류들이 있는지 자세히 설명해주었다.

"만약 사장님이 서류를 찾으시면 이 서류함에서 찾으면 돼.

알겠니?”

난 그 정도면 문제없을 것 같아서 고개를 끄덕거렸다.

나 혼자서 비서실을 지킨 처음 이틀 간은 별다른 문제없이 한가롭게 지나갔다. 오히려 언니가 없으니까 더 편안한 마음으로 일할 수 있었다. 그런데 사흘 째 되던 날, 사건이 벌어졌다. 사장님께서 어떤 내용이 담긴 서류를 가져다 달라고 하신 것이다. 나는 별거 아니라고 생각해 자신 있게 “네”하고 대답하고는 서류함을 열어 서류를 찾기 시작했다. 그런데 아뿔싸! 그 서류를 도저히 찾을 수가 없었다. 언니가 가르쳐줄 때는 어떤 서류든지 쉽게 찾을 수 있을 것 같았는데 그게 아니었다. 도대체 그 내용이 어느 서류 파일에 들어있는지 알 수가 없었다. 큰 제목과 연관도 없었고, 내용 분류된 소제목에서는 더더욱 찾을 수 없었다. 그때서야 나는 그 언니가 자기만의 방식대로 정리해놓은 서류 파일을 한 번도 함께 찾거나 정리한 적이 없다는 사실을 깨달았다. 간단할 것만 같던 서류 찾기는 갑자기 어려운 미로 찾기가 되어버렸다.

난 당황하기 시작했다. 5분이 지났을까? 사장님께서 방을 나오시더니 서류를 가지고 들어오지 않고 뭐하느냐고 독촉하셨다. 난 겁이 났다. 눈앞이 캄캄해졌다. 그 당시 휴대폰은 물론이고 삐삐조차 일반화되지 않았던 시절이라 휴가를 떠난 선배 언니에게 연락할 방법도 없었다.

"네… 사장님… 곧 찾아서 가지고 들어가겠습니다."

나는 진땀을 닦으며 다시 모든 서류함의 서류철들을 하나하나 뒤적이기 시작했다. 그 서류함의 절반은 영어로 되어 있어서 더욱 찾기 힘들었다. 10분이 지났을까? 다시 사장님이 나오시더니 버럭 화를 내셨다.

"대체 어떻게 된 거야? 서류 아직 못 찾았어?"

나는 기어들어가는 목소리로 대답했다.

"사장님, 실은… 서류를 못 찾겠어요."

사장님은 짜증이 나고 화가 난 무서운 얼굴로 날 한참 쳐다보더니 아무 말도 않고 들어가버리셨다. 나는 어찌할 바를 몰랐다. 사장님이 나를 얼마나 한심하게 보실까 생각하니 얼굴이 화끈거렸다.

잠시 후 사장실 문을 노크했다. 아무 대답이 없었다. 아마 단단히 화가 나신 듯했다. 나는 용기를 내어 다시 문을 두드리고 사장실로 들어갔다.

"사장님, 정말 죄송합니다."

사장님은 날 쳐다보지 않고 말씀하셨다.

"할 수 없지. 커피나 한잔 줘."

사장님 얼굴 표정은 무척 굳어 계셨다. 아마도 중요한 서류를 찾고 계신 듯했다. 나는 무거운 마음으로 나와 커피를 탔다. 눈물이 핑 돌았다. 사장님께서 내게 직접 언성 높이거나 나무라지는 않으셨지만 나 스스로 나라는 존재가 참 능력 없는 바보처럼 느껴졌고 너무나 창피했다. 회사에 들어와 반 년이 다 되도록 서류 하나를 제대로 찾지 못하다니 이 얼마나 한심한 일인가. 서류에 대해서 제대로 가르쳐주지 않은 선배 언니가 원망스럽기도 했다. 하지만 결국 관심을 가지고 제대로 배우려고 하지 않은 내 탓이 컸다. 그 순간 내가 얼마나 이 일을 재미없어 하고 건성으로 일해왔는가 하는 생각이 들었다. 그냥 별 힘든 거 없이 월급 받으면서 어쩌면 조금씩 나태해져 가고 있었다는 것을 깨달았다. 재미없어 한다는 것은 내 적성에 맞지 않는다는 뜻이었다. 급한 마음에 일단 취직해놓고 보자는 나의 선택이 틀렸던 것이었다.

'그래, 처음부터 잘못된 선택이었어. 정말 내가 하고 싶던 일은 이 일이 아니었잖아.'

갑자기 그동안 묻어두었던 아나운서의 꿈이 다시 꿈틀대기 시작했다. 일을 그만두고 가을에 있을 방송국 시험을 다시 준비해야겠다는 생각이 들었다. 결국 선배 언니가 휴가를 마치고 돌아오자마자 난 사장님께 그만두겠다고 말씀드렸다. 6개월 간의 나의 비서 생활은 끝났다.

마지막 근무하던 날, 부사장님은 6개월 간 고생했다며 퇴직금 대신 30만 원을 주셨다. 그날 오후 친구와 명동에서 만나기로 한 나는 친구를 기다리다 그 돈을 몽땅 소매치기 당하고 말았다. 나의 백수 시절은 또 다시 그렇게 시작되었다.

아버지께서는 날 못마땅해 하셨다. 교직을 이수하지도 않았고 직장을 6개월만 다녀보고 적성에 맞지 않다고 그만두는 딸을 이해하지 못하셨다. 나에게 끈기가 없다고 나무라셨다. 나는 뭐라 드릴 말씀이 없었다.

백수인 나는 매일 시립도서관으로 향했다. 시립도서관은 입장료가 없고 점심 값도 싸서 당시 내가 부모님 눈치 안보고 가장 편하게 공부하면서 시간을 보낼 수 있는 곳이었다. 책도 마음껏 읽을 수 있어서 좋았다. 그곳에서 나는 많은 책을 읽으며 다시 방송국 시험을 준비했다. 그리고 습관적으로 신문에 난 구인광고를 살폈다.

저녁에 집으로 돌아와 텔레비전 앞에 앉으면 난 다시 우울해졌다. 나와 함께 방송예술원을 다녔던 동기, 후배들이 아나운서가 되어 화장하고 예쁘게 차려입은 모습으로 텔레비전에 나와 방송하는 것을 볼 때면 내 자신이 한없이 초라해 보였다. 텔레비전에 나오는 아나운서들이 나와 전혀 관계가 없는 생면부지의 남이라면 차라리 좋았으련만, 아는 사람이 유명 아나운서가 되어 생글생글 웃으면서 방송 프로그램을 진행하고 있는 모습을 보는 것은 우울한 일이었다.

함께 텔레비전을 보던 어머니께서 가끔 아는 친구가 방송에 나오는 것을 보고 'ＯＯ가 아나운서 되더니 더 예뻐졌다' 고 무

심코 한마디씩 하시면, 난 그 소리가 듣기 싫었다. 그 친구가 너무나 부러웠기 때문이다. 하지만 어머니 앞에서는 그런 마음을 들키지 않으려고 일부러 관심이 없는 척 하면서 방에 들어가 버리곤 했다. 그러면서 어머니가 안 계시는 날 혼자서 텔레비전을 볼 때 그 친구가 방송에 나오면 나는 화면에 코를 바싹 가져다댈 정도로 관심 있게 쳐다보며 부러워했다. 한숨이 절로 나왔다. ***

7. 백화점 아나운서로 새 출발

백화점 아나운서를 하면서 방송의 중요성을 깨달았고, 쇼호스트 생활에 필요한 유용한 지식을 배울 수 있었다.

1988년은 우리나라에 올림픽이 열린 해로, 올림픽을 겨냥하여 강남지역에서 두 곳의 백화점이 오픈을 준비하고 있었다. 바로 현대백화점 무역센터점과 롯데백화점 잠실점이었다. 졸업 후 첫 직장을 그만두고 백수로 지내던 나는 그해 여름 현대백화점 무역센터점 사내 방송 아나운서 모집 공고를 보고 응시했다. 방송국 아나운서는 아니지만 그래도 아나운서는 아나운서이니 적성에 맞지 않는 비서직보다는 나을 거라는 생각이었다. 그러나 그 시험에서도 떨어졌다.

롯데월드가 잠실에 오픈하면서 롯데백화점 잠실점 방송실에서 근무할 사내 아나운서를 구한다는 광고를 보고 또 응시했다. 롯데백화점 소공동점에 원서를 넣고 1차 서류시험, 2차 오디오 테스트, 3차 면접시험을 봤다. 다행히 이번에는 합격이었다. 연수 과정을 거쳐 난 10월부터 롯데백화점 잠실점 방송실에서 직장생활을 다시 시작했다.

당시 롯데백화점 잠실점 방송실에 배정을 받고 함께 입사한 동기 한 명과 본점에서 발령받아 온 언니 한 명이 나와 함께 셋이서 백화점이 오픈되기 전 오프닝 행사를 위해 매일 출근하며 방송실 시스템을 체크하고 또 체크했다. 매장에서는 디스플레이며 판매사원들이 백화점 오픈을 앞두고 바쁘게 상품 준비를 했다. 그런데 백화점 오픈을 며칠 앞둔 어느 날 늦은 오전 무렵, 방송실 전화벨소리가 울렸다. 전화를 받은 언니는 무척 놀란 표정으로 전화를 끊고 말했다.

"얘들아, 백화점에 불이 났대!"

나와 동기는 놀라서 어찌할 바를 몰라 불안한 표정으로 서로를 쳐다보았다.

"언니, 어떻게 해요?"

"잠깐만 있어봐."

언니는 급히 판촉실로 전화를 걸어 통화하더니 지시를 받았는지 곧바로 마이크 앞으로 달려가 안내방송을 하기 시작했다.

"건물 내에 화재가 발생했으니 직원 여러분께서는 대피하시기 바랍니다…!"

언니는 계속해서 건물 내에 화재가 발생했으니 비상구로 대피하라고 안내방송을 했다. 7층 이하 층에 있는 직원들은 2층에 연결된 롯데월드 쇼핑몰로 이동할 것을, 그리고 7층 이상 층에 있는 직원들은 옥상으로 이동할 것을 안내방송 했다. 곧

이어 문밖에서 웅성거리며 사람들이 대피하는 소리가 들려오기 시작했다. 나는 우리만 불속에 갇히는 것이 아닌가 하고 은근히 겁이 났다.

"언니, 우리는 어떡하죠?"

언니는 과장님의 지시를 받아야 한다며 다시 판촉실로 전화를 걸었다. 대답은 연락할 때까지 계속 안내방송을 하라는 것이었다. 매장에는 오픈식 준비를 위해 전 직원이 모두 나와 있었기 때문에 인원이 많았다. 전 직원이 모두 대피할 때까지 화재 관련 멘트를 계속 방송해야 했다. 언니는 계속 고지 멘트를 했다.

언니가 계속 안내방송을 하는 동안 너무나 고요한 방송실 안에 있으니 바깥의 상황이 어떠한지 제대로 알 수는 없었지만 창밖으로 어느 층에선가 솟아오른 것 같은 검은 연기가 보였다. 화재가 크게 난듯했다. 난 은근히 겁도 났지만 그 상황이 스릴 있었다. 뭔가 대단한 일을 하고 있다는 사명감도 들었다. 방송이라는 것, 일단 사람들을 대피시켜야 한다는 사명감에 그리고 언니의 차분하면서도 떨리는 안내방송을 들으면서 난 뭐라 표현할 수 없는 이 일에서만, 그 상황에서만 느낄 수 있는 묘한 스릴을 즐기고 있었다.

문밖에서는 웅성거리는 소리가 점점 크게 들려왔다. 나는 바깥 상황이 궁금하여 살짝 방송실 문을 열어보았다. 그런데 순간 시커먼 연기가 내 눈 앞을 확 가리며 앞이 하나도 보이지 않았다. 여직원들이 시끄럽게 계단을 올라가는 소리와 비명소리가 들려왔지만 모습들은 보이질 않았다. 난 그때서야 덜컥 겁이 났다. 문을 닫고 걱정스러운 목소리로 언니에게 말했다.

"언니, 복도에 연기가 가득 찼어요."

그때 판촉실에서 전화가 왔다.

"가자, 우리도 옥상으로 대피하래. 안내방송을 이제 더 이상 하지 않아도 된대. 직원들이 거의 빠져나가고 있나봐. 이제 우리도 가자."

방송실은 9층에 위치하고 있었다. 우리 방송실 세 사람은 그렇게 문을 열고 나왔다. 회색빛 매캐한 연기 때문에 앞이 보이질 않았고, 눈이 따가워서 제대로 뜰 수가 없었다. 우리는 입을 꽉 다문 채 한 손으로 코를 막고 한 손으로는 벽을 더듬으면서 옥상으로 향하는 비상계단을 찾아가기 시작했다. 사람들이 하나둘씩 부딪혀왔다. 차분하게 계단을 올라 옥상으로 갔다. 시원한 공기를 쐬면서 우리는 그때서야 서로의 얼굴을 확인할 수 있었다. 옥상에는 수많은 판매 여사원들과 남자직원들이 기침을 하고 있었다. 얼굴은 연기에 그을려 거뭇거뭇했다. 공중으로 연기가 계속 솟고 있었고 헬기가 떠 있었다.

다행히 화재는 더 이상 크게 번지지 않고 진화되었다. 우리는 안전하다는 말을 듣고서 몇 시간 뒤에 계단을 통해 바깥으로 나왔다. 점심시간도 훌쩍 넘은 시간이었다. 판촉실 과장님은 우리 세 사람에게 수고했다며 끝까지 안내방송하고 나와 줘서 고맙다고 말씀하셨다. 물론 언니가 한 것이지만 난 왠지 기분이 좋았다. 방송의 매력이란 이런 것이구나 하는 생각이 들었다.

어떤 사고가 발생했을 때 모든 사람들에게 알리고 안전하게 대피할 수 있도록 행동해야한다는 것. 그것 역시 우리 방송실 아나운서의 임무라는 것을 배우면서 난 뿌듯함을 느꼈다. 항상 내가 먼저가 아니라 남을 먼저 배려해야 한다는 것, 내가 사회생활을 하면서 가장 많이 배우고 느낀 점이며 가장 가치 있게 생각하는 점이다. 또한 다급한 상황에서도 차분하게 방송한 선배 언니에게도 저절로 고개가 숙여졌다.

뜻하지 않은 화재사건으로 예정보다 조금 늦춰졌지만, 롯데백화점 잠실점은 마침내 오픈을 했다. 그렇게 나의 롯데백화점 방송실 첫 해 근무도 바쁘게 시작되었다. 백화점 오픈행사를 비롯해서 장내 방송, 행사안내 방송 등을 맡았다. 내가 방송 멘트를 하지 않을 때에는 백화점 전 매장을 돌면서 백화점 내의 스피커에서 나오는 멘트의 볼륨이 작지는 않은지 체크하는 일을 했다. 그러다보니 자연스럽게 많은 브랜드들을 알게 되었다. 그것은 이후 쇼호스트 일을 하면서 큰 재산이 되었다. 검품과에서 일하는 선배 언니를 알게 되면서 백화점에서 판매되는 상품들도 검품 과정을 통해 판매된다는 사실을 알게 되었고, 지하식품 브랜드부터 가구 브랜드까지 브랜드 이름만 말하면 그 브랜드의 컨셉트와 디자인이 금방 연상될 정도로 브랜드에 대해서 많은 지식을 쌓았다.

쇼호스트 일을 하면서 업체와 미팅을 할 때 업체가 말하는 브랜드를 내가 아는 척하면 그 분들이 아주 좋아했다. 백화점에서 판매하는 브랜드와 홈쇼핑에서 판매하는 브랜드가 이름만 다르고 같은 업체일 경우도 있어 그럴 때에는 백화점의 브랜드를 언급해서 이해시키는 경우가 많았는데, 내가 그 브랜드를 안다고 하니 모두 대단하다는 듯이 쳐다보곤 했다.

또한 롯데백화점에서 근무하면서 나는 마케팅 전략, 즉 프로모션 방법을 익혔다. 판촉팀에 속해 있던 방송실은 매주 백화점의 행사가 바뀔 때마다 그 주의 행사 프로모션을 멘트로 정리해 매시간 방송을 했다. 그러다보니 백화점 전단지에 나오는 프로모션을 정리하면서 상품을 포장하고 프로모션하는 방법을 익힐 수 있었다. 나중에 쇼호스트 일을 하면서 업체, PD, MD(Merchandising Director, 홈쇼핑의 상품구매담당자)와 사전전략회의를 할 때 다양하게 아이디어를 제시하고 상품을 새롭게 구성하고 프로모션하는 아이디어를 제시해서 주위를 놀라게 한 것도 사실은 백화점에서 근무하면서 배운 것이었다.

나는 롯데백화점에서의 생활에 잘 적응해 나갔다. 대학 때 아르바이트를 통해 이미 경험이 있는 백화점이라는 공간에서의 일이었고 게다가 마이크를 만지고 음악을 틀면서 즐길 수 있는 방송실에서의 경험은 나에게 또 다른 재미를 안겨 주었다. 매장의 스피커를 점검할 때는 수많은 상품들을 구경할 수 있어서 더할 나위 없이 재미있었다.

그런데 내 성격은 그냥 조용히 얌전히 있는 스타일이 아니다. 1년이 지나고 2년이 지나면서 난 그냥 그렇게 사람 찾는 장내방송 멘트만 하는 것에 지루함과 싫증을 느끼게 되었다. 뭔가 새로운 변화가 필요했다.

난 평소 아이디어가 풍부하고 그런 아이디어로 뭔가 이벤트를 꾸미는 것을 좋아하는 성격이었다. 몇 달을 고민한 끝에 난 음악방송이라는 것을 생각해냈다. 그리고 선배언니에게 내 생각을 말했다.

"언니, 아침에 백화점 오픈하기 전 판매 여사원들이 일찍 와서 매장정리를 할 때 30분 간 음악방송을 만들어 방송하면 어떨까요?"

내 제의에 대한 언니의 반응은 처음엔 신통치 않았다.

"뭐 하러 일을 만드니? 귀찮게."

하지만 나는 거기서 물러서지 않고 보다 적극적으로 제의를 했다.

"정 그렇다면 네가 직접 만들어서 해봐."

"정말이죠? 고맙습니다. 언니!"

난 신이 났다. 일단 음악프로그램의 제목을 정하고 타이틀 곡을 정했다. 그리고 직원들에게 유익한 수필 한 구절을 낭송해주는 코너, 직원들의 생일 등 대소사를 축하하는 코너도 만들었다. 정말 언니 말대로 일이 많아졌다. 평소보다 두 배는 더 바빠졌다. 타이틀곡 정하는 것은 좋았는데 문제는 대본이었다. 30분 동안 신청곡만으로 채울 수는 없었기 때문에 내가 직접 30분 간 진행할 대본을 작성해야 했다. 나는 대학다닐 때 학교 앞 다방에서 DJ 했던 경험을 되살려 대본들을 하나하나 작성했다.

드디어 음악방송 첫날, 아침 일찍 출근해 준비한 타이틀곡을 틀고 방송을 시작했다. 매장에서는 깜짝 놀란 듯했다. 바로 어제까지만 하더라도 오픈준비를 하면서 상품을 정리하고 있을 때 조용하다 못해 썰렁했던 매장 안에 아름다운 곡이 흘러나오면서 음악방송이 나오는 것이었다. 백화점 오픈 15분 전에야 방송실에서 오픈 행사 음악이 나왔는데 45분 전부터 음악이 흘러나오니 놀랄 수밖에. 처음에는 방송실에서 라디오를 잘못 켜놓고 마이크 볼륨을 올려놓은 줄 알았단다. 난 그렇게 백화점 내 음악방송을 시작했다. 내가 준비한 대본과 선곡한 음악을 틀면서 신청곡도 받을 테니 생일 축하나 기념일이 있으면 알려달라고 했다. 그냥 편안하게 신청곡을 적은 엽서도 보내달라고 했다.

처음 2~3일 간은 전화를 통해서 신청곡이 들어오더니 하루이틀 지나면서 엽서가 방송실로 들어오기 시작했다. 모두들 아침 시간 매장정리를 하면서 오픈 준비를 하는 이 시간이 좋아지고 즐거워졌다며 말이다. 난 이렇게 롯데백화점 방송실에서 2년차로 접어들면서 업무를 완벽하게 익히게 되었다. 매너리즘에 빠지지 않기 위해 새로운 아이디어를 통해 다시 나를 다잡아갔다. ***

8. 아나운서 시험만 22번 낙방

방송사 시험만 22번을 낙방했지만, 나는 거기서 포기하지는 않았다. 꿈을 잃지 않고 능력과 자질을 계속해서 닦는다면 언젠가 기회는 올 것이라고 믿었다.

1988년, 롯데백화점에서 일하며 바쁜 나날을 보내는 와중에도 수시로 KBS와 MBC의 아나운서 모집을 문의했다. KBS는 겨울에 모집할 거라고 했지만 MBC는 당분간 모집 계획이 없다고 했다. 1987년 올림픽을 대비해 아나운서를 많이 뽑았기 때문이었다. MBC는 결국 1987년 공채 이후로 4년 간 아나운서를 뽑지 않았다.

시간이 날 때마다 지방 방송국 시험이라도 없는지 계속 전화 문의하고 시험이 있는 날이면 휴가를 내서 시험을 보러 다녔다. 때론 성우 시험에 응시하기도 했다. 그러나 그렇게 분주하게 시험을 보러 다녀도 낙방을 거듭했다.

나는 그해 12월 KBS에 다시 두 번째 원서를 넣었고 역시 또 떨어졌다. 사실 아나운서의 자격 기준은 그때가 끝이었다. 대학원을 졸업하지 않은 이상 아나운서 시험에 나이 제한이 있었기 때문이었다. 그렇게 난 방송국 시험을 모두 떨어짐으로써 시험 자격을 잃고 말았다. 모든 가능성이 사라져버린 것이었다.

처음에는 하늘이 무너지는 듯하고 아무 생각도 들지 않았다. 그토록 내가 바라는 일은 왜 이렇게도 이루어지기 힘든 것인지, 내 자신이 원망스러웠고 하늘이 원망스러웠다. 하지만 나의 낙담은 오래 가지 않았다. 아나운서가 되기 위해 내가 할 수 있는 최선을 다했고, 운이 나빴다거나 다른 이유 때문이 아니라 나 자신의 자질이 부족했기 때문이었으니까.

난 결국 방송사 시험만 22번을 보았다. 그러나 거기서 포기하지는 않았다. 내가 꿈을 잃지 않고 내 능력과 자질을 계속해서 닦는다면, 언젠가 기회는 올 것이라고 믿었다. 기회는 준비된 자에게 오는 것이다. 그리고 그 기회를 잘 붙드는 사람에게 오는 것이다. 충분히 깨어지고 단련되면서 나는 내가 어떤 일을 잘 할 수 있는지, 어떤 일이 나에게 잘 맞고 즐겁게 할 수 있는지 스스로의 가능성을 깨달아갔다.

그러는 사이 롯데백화점 방송실 이력은 3년차로 접어들었고 난 다시 내가 하고 있는 일의 한계를 느끼게 되었다. 뭔가 돌파구가 필요했다. 롯데백화점 방송실에서의 일도 늘 똑같은 일상의 반복으로 지루해지기 시작했고, 텔레비전을 켤 때마다, 라디오를 들을 때마다 아는 얼굴이 보이고 아는 목소리가 들리면 상대적으로 같은 곳을 향해 노력했던 나의 존재는 한없이 작게 느껴졌다. 게다가 부모님께서는 자꾸 결혼을 강요하셨다. 그러나 나는 아직 결혼할 때가 아니라고 생각했다. 20대에는 내가 가장 하고 싶은 일을 찾아야 한다고 생각했지만 그것이 결혼은 아니었다.

심각하게 고민하는 날이 많아졌다. 그러다 결국 유학 쪽으로 마음을 돌리기 시작했다. 스무 살이 되기 전까지 아버지의 말씀이라면 거역하지 않던 내가 머리가 커지면서 하나둘씩 거역하는 날이 많아졌다. 아버지는 돌다리도 두드리고 건너는 성격이시고 난 물에 빠지더라도 일단 건너보자는 성격이다. 당연히 부딪치는 날이 많아졌다.

대학진학 때 아버지의 반대로 하지 못했던 불어를 다시 공부하고 프랑스로 가서 패션을 공부해보고 싶었다. 1991년 1월 새해가 되면서 나는 새롭게 결심을 다지며 유학원을 드나들기 시작했다. 불어학원에 등록해 퇴근 후 불어 공부를 하기 시작했다. 부모님께서는 한 살 더 먹은 딸에게 선보는 자리를 내놓으셨고 그 딸은 이 핑계 저 핑계를 대어가며 유학 준비를 서서히 밟아가고 있었다. ***

9. 카메라 앞에 서는 것이 좋아!

케이블 텔레비전 시범방송사업단에서 아나운서 생활을 시작했다.
방송 제작 환경은 열악했지만 카메라 앞에 서는 것만으로도 행복한
시절이었다.

1991년 3월초, 부모님 몰래 유학 준비를 하고 있던 나에게
KBS의 김상준 아나운서 실장님께서 전화를 주셨다. 김상준
실장님은 방송예술원에서 나에게 방송 언어를 가르쳐주신 선
생님이었다.

선생님은 나에게 케이블 텔레비전에 원서를 넣어보라고 말
씀하셨다. 그때 나는 케이블 텔레비전이라는 말을 처음 들었
다. 선생님은 3년 후 우리나라에 케이블 텔레비전이 시작될 텐
데 먼저 정부에서 시범 사업을 실시한다고 하셨다. 드라마 재
방송만 하루 종일 해주는 사설 동네 유선 방송이 아니라 정부
에서 실시하는 믿을 수 있는 사업이라며, 아나운서 한 명을 뽑
고 있고, 자격 조건도 괜찮으니 원서를 넣어보라는 것이었다.
나는 선생님의 말씀을 듣고 원서를 넣었다. 시험은 오로지 서
류시험뿐이었다.

그러나 두 달이 지나도 연락이 없었다. 나는 '또 떨어졌구

나.' 하고 지레 포기하고 있었다. 그런데 얼마 후에 케이블 텔레비전의 아나운서로 뽑혔다는 반가운 전갈이 왔다. 본격적인 유학 준비를 위해 롯데백화점 방송실에는 5월말까지만 근무하겠다고 사표를 이미 내놓은 상태였다. 나는 비록 공중파는 아니지만 그토록 원하던 방송 아나운서를 할 수 있게 된 것에 감사하며 유학 계획은 과감히 포기했다. 그렇게 난 우리나라 최초의 케이블 텔레비전 아나운서가 되었다.

합격 연락을 받고나서 가장 먼저 KBS 김상준 아나운서 실장님께 인사를 드렸다. 만약 선생님이 정보를 주지 않으셨다면 아마 아나운서의 꿈은 포기한 채 기약 없는 유학길에 올랐을지도 모른다.

"선생님, 좋은 정보 주서서 감사합니다."

"합격했다니 축하한다. 이제 정말 아나운서가 되었으니 무엇보다 방송 언어와 표준어 공부를 철저히 하고 발음 연습을 열심히 하도록 해."

그러면서 선생님은 본인이 저술하신 2권의 방송 언어 교본을 주셨다.

"정말 고맙습니다. 열심히 하겠습니다."

난 너무나 고마워 어쩔 줄을 몰랐다. 집으로 돌아온 나는 선생님이 주신 책을 읽고 또 읽었다. 마치 대학 시절 밤늦게 아나운서가 되기 위해 발성 연습과 발음연습을 하던 것처럼 열심히 책을 탐독했다. 그러면서 비록 시범 방송 아나운서지만 본격적인 방송 생활의 시작인만큼 잘해보자고 마음속으로 다짐했다.

그리고 곧바로 케이블 텔레비전 시범방송사업단에 입사하기로 결정했다고 부모님께 말씀드렸다. 아버지께서는 내가 첫 직장에 이어 두 번째 직장도 3년 만에 그만두고 새로운 곳으로 옮기는 것을 걱정하면서 반대하셨다. 한 직장에서 3년 이상을 일해보지 않고 어떻게 새로운 곳으로 옮기냐는 말씀이셨다. 아버지는 그만큼 고지식한 분이셨다.

하지만 나는 아버지께 분명히 말씀드렸다. 3년이라는 시간을 통해서 내가 더 일해야 하는 곳인지 아니면 그만두어야 하는 것인지 명확하게 판단이 되었다고. 가장 중요한 것은 더 이상 나의 발전을 기대할 수 없다는 것과 내가 만족하지 못하리라는 것, 점점 더 매너리즘에 빠지고 게을러질 것이 확실하다는 점을 판단한 이상 그대로 머물러 있을 수 없다고 말씀드렸다.

그렇게 롯데백화점을 그만두고 일주일 후에 새로운 직장인 한국통신 케이블 텔레비전 시범방송사업단에서 새로운 인생을 시작했다.

첫 출근하는 날, 제작국과 편성국 그리고 총무국 등 각 국의 사람들에게 첫 인사를 했다. 사실 제작국과 편성국에서 근무하는 사람들은 절반 이상이 방송국 출신과 광고, 프로덕션 출신들이었다. 어쩌면 나의 경력이 가장 미비했는지도 모른다. 난 조금 주눅이 들었다. 그래서 오히려 더 열심히 해야겠다는 생각을 하게 되었다.

어색하고 낯선 새로운 직장에서 기죽은 듯 내 책상에 앉아 있는데 편성부장님이 나에게 오시더니 커피 한잔 하자고 하셨다. 난 부장님을 따라 나가 복도에 마련된 자판기 앞 소파에 앉았다. 부장님은 방송국 출신으로 나보다 한참 경험도 많은 분이셨다.

"합격 축하하네."

"고맙습니다. 부장님. 그런데 제 경력이 보잘 것 없고 아는 것도 별로 없어서 걱정이에요. 다른 분들은 대부분 방송국 출신이잖아요."

나는 나의 솔직한 심정을 말씀드렸다. 그러자 부장님은 뜻밖의 말씀을 하셨다.

"자네는 이제 공인이야."

'공인이라고? 내가?'

전혀 가슴에 와 닿지 않는 말씀이었다. 난 어리벙벙했다.

"자네는 이제부터 화면에 얼굴을 비치는 공인이야. 비록 커다란 공중파 방송국이 아니고 수만 명의 사람들이 자네 얼굴을 보지 못한다하더라도 말이야. 한 명의 시청자가 있더라도 자네는 공인이기 때문에 그 한 명의 시청자를 위해서 행동을 조심하고 아나운서로서의 품위와 자세를 잃지 않아야 하네.”

나에게 공인이라고 하신 부장님의 그 말씀이 머릿속에서 빙빙 돌았다. 뭔가 모를 대단한 책임감 같은 감정이 북받쳐 올랐다.

‘공인… 공인…’

“그런데, 자네 머리카락이 길어. 등을 덮고 내려오잖아. 화면에서 깔끔한 모습으로 방송을 하는 아나운서로서의 신뢰를 보이려면 머리를 단정하게 자르는 것이 좋겠는데.”

그러시면서 부장님은 앞으로 내가 어떤 일을 하게 될지, 그리고 어떻게 방송하고 준비해야 하는지 말씀해주셨다.

그 날 퇴근하면서 곧장 미용실로 향했다. 미용사 언니에게 귀밑 3cm 정도의 짧고 단정한 단발머리로 잘라달라고 부탁했다. 난 그날 머리카락을 싹둑 잘랐다. 몇 년을 기른 머리카락이었지만 미련이 없었다.

‘이제부터 난 아나운서다.’

다음 날 회사에 출근했는데 나를 보신 편성부장님은 깜짝 놀라셨다.

“머리카락을 잘랐네?”

“네, 부장님.”

부장님은 사실 그날 나에게는 별다른 표현을 안 하셨지만 내심 놀라셨다고 한다. 머리카락이 길다는 말씀은 하셨지만 그날로 자르고 나타날 거라곤 기대하지 않으셨던 모양이다. 나중에 부장님은 나에게 이런 말씀을 하셨다. 다음날 바로 머리카락을 짧게 자르고 온 모습을 보고 '저 친구는 나중에 뭔가 하나 하겠구나. 자세가 됐다!' 라고 생각하셨다고 말이다.

나에게는 주변에서 도와준 고마운 사람들이 많았다. 그때 난 내가 분장하고 의상도 해결해야 했다. 일단 메이크업에 대해서는 누군가의 도움이 필요했다. 분장사가 없으니 직접 분장을 하라고 해서, KBS 방송국 아나운서로 활동하고 있는 O씨에게 부탁하기로 했다. 그녀는 친절하게도 시간을 내어서 나를 방송국으로 초대하더니 방송용 메이크업을 하는 방법과 요령 등에 대해 가르쳐주었다. 방송국 분장실에서 메이크업 교육을 받으면서 나는 아나운서들을 힐끔힐끔 쳐다보았다. 나에게는 그저 국영 방송국의 아나운서인 그녀들이 하늘처럼 높아보였고 부러울 따름이었다. O씨는 친절하게도 당시 9시 뉴스를 진행하고 있던 여성 앵커 J씨를 소개해주더니 추가로 교육을 더 받을 수 있도록 배려해주었다. 정말 고마웠다.

의상은 내가 롯데백화점에서 근무할 때 친하게 지냈던 입사 동기를 통해 의상대여를 받을 수 있었다. 동기는 숙녀복 파트에서 바이어로 근무했는데, 유명 아나운서도 아닌 나를 위해 뉴스 진행용 의상과 교양 프로그램 녹화 의상을 대여할 수 있도록 배려해주었다. 유명 아나운서들에게만 있는 일이었기에 무척 고마웠다. 난 일주일에 한 번씩 의상 대여를 위해 롯데백화점으로 나들이를 해야 했다.

이렇게 새로운 마음과 새로운 모습으로 시작한 케이블 텔레비전 시범방송사업단에서의 생활은 신기하고 재미있었다. 역시 방송이라는 매체를 동경하고 좋아하는 나 자신을 이해할 수 있었다. 무엇보다 그토록 좋아했던 카메라 앞에 설 수 있다는 것이 가장 즐거웠다.

내가 하는 일은 구의회와 보건소, 경찰서를 드나들면서 수집하고 얻은 지역 정보로 뉴스를 모아 기사 작성하고 지역 뉴스를 녹화 진행하는 것이었다. 교양정보 프로그램인 대담 프로그램도 녹화했다. 지역 뉴스 아나운서로서 리포터로서 MC로서 하나하나 배워나가기 시작했다. 아침 9시까지 출근해 그날 지역 뉴스 녹화 준비를 하고 녹화를 마치고 나면 기사를 수집하러 외출했다. 야외 ENG(Enectronic News Gathering, 휴대용 TV 카메라와 VCR을 사용한 뉴스 취재)촬영이 있는 날에는 하루 종일 밖에서 촬영을 해야 했다. 그리고 촬영해온 테이프에 오디오 나레이션을 녹음했다. 큰 방송국을 아주 작게 축소해놓은 듯한 시스템에 나는 하루하루 즐겁게 익숙해져갔다.

케이블 텔레비전 시범방송사업단은 한국통신에서 주관하는 방송이라 무엇보다 제작국에서 근무하는 소수의 방송팀 요원들은 딱딱한 공무원 체계에 적응하기 힘들어했다. 나 역시 마찬가지였다. 무엇보다 열악한 상황에서 방송을 제작해야 하는데 그것이 프로그램을 만드는 PD들에게는 한없이 힘들고 해결하기 어려운 부분이었다. 시범방송 자체가 어떤 수익도 들어오지 않는 사업이었기 때문에 모든 것을 최소한으로 비용을 줄여야 했다. 월급도 열악했다.

사실 내가 롯데백화점에서 받았던 월급보다도 적었다. 롯데백화점에서는 만 3년차로 접어들면서 기본급도 올랐고 보너스까지 받으면 월급 봉투가 제법 두둑했다. 그런데 시범방송사업단의 아나운서 월급은 한국통신 별정직 월급으로 액수가 적었다. 하지만 적은 월급은 문제되지 않았다. 그냥 새로운 곳에서 내가 하고 싶었던 일을 하나하나 배워나간다는 것이, 그리고 사람들과 어울리면서 제작하고 일한다는 것이 돈 이상의 가치와 즐거움을 느끼게 했기 때문이다.

부모님은 개포동에서 목동까지 2시간 가까이 걸리는 길을 매일매일 출퇴근 하는 날 보시고, 그리고 어쩌다 늦는 날이면 밤늦게 진한 화장을 하고 집으로 들어오는 날 보시고는 좀 탐탁치 않아 하셨다. 당시 시범방송은 목동과 상계동 지역 1만 가구만 시청할 수 있는 시범방송이었기 때문에 부모님은 방송에 나오는 나의 모습을 보지 못하셨다. 딸을 믿으시는 부모님은 설마 이상한 곳으로 다닐 거라고 생각하지 않으셨지만 생전 보도 듣도 못한 케이블 텔레비전 시범방송의 아나운서를 한다고 하는 것이 전혀 감이 잡히지 않으신 것이었다.

가족조차 알아주지 않는 어려운 상황에서 케이블 텔레비전 시범방송사업단에 다니면서 동료들과 더 친해졌다. 특히 제작 PD인 J PD와 친했다. J PD는 나보다는 나이가 어리고 외동딸인데도 마음 씀씀이가 어른 같고 예뻤다. 우리는 함께 프로그램을 제작하면서 그야말로 언니, 동생처럼 친하게 어울리면서 지냈다.

그러던 어느 날, 몇몇 PD와 이런 저런 얘기를 나누던 중 제작비의 결제가 너무 늦고 액수가 적어서 프로그램 제작하기가 너무 어렵다는 이야기를 들었다. 우리는 상의 끝에 총무 과장님을 비롯한 몇몇 직원들과 점심식사를 같이 하면서 좀 달래보고 양해를 구해보자고 했다.

점심식사를 하기 위해 나를 비롯한 PD, 카메라맨이 함께 동행했다. 우리들은 총무팀 직원들의 기분을 맞춰가면서 제작비의 결제와 비용에 대해 좀 너그러운 양해를 얻기 위해 노력했다. 그런데 아무래도 이야기를 하자니 술이 필요하다고 생각했는지 PD가 술을 주문했다. 약간의 술기를 빌어 기분 좋게 사이를 터놓자는 의도였던 것 같다. 한 잔씩 두 잔씩 술잔이 오고 갔다. 사실 난 그때만 하더라도 술을 잘 마시지 못했다. 하지만 분위기상 안 마실 수가 없었다. 그렇게 술잔이 오고가고 우리는 대낮부터 거하게 취해버리고 말았다.

점심식사를 마치고 회사로 들어왔다. 오후 2시에 지역 뉴스 녹화가 있었다. 방송 녹화 때문에 술을 많이 마시지는 않았는데 추운 겨울 날씨에 술을 마셔서인지 난 코가 맹맹해져 있었다. 걱정됐다. 시간이 지날수록 코가 완전히 막혀서 코맹맹이 소리가 심하게 났다. 메이크업을 마치고 분장실에서 기다리고 있었다. 그런데 2시가 지나고 3시가 다되어 가는데 뉴스 녹화를 해야 할 스태프 중 어느 누구도 나타나지 않는 것이었다.

'어찌된 일이지?'

나는 담당 PD와 카메라맨을 찾으러 갔다. 그런데 회사 내에서 그들의 모습을 찾을 수 없었다. 결국 오후 4시가 다 되어 담당 PD가 발견되었다. 그는 낮술에 취해 창고에서 잠깐 잠을 청하고 녹화에 들어간다는 것이 그냥 완전히 곯아 떨어져 녹화 시간도 넘긴 채 잠을 자 버린 것이었다. 카메라맨 역시 술을 깨기 위해 사우나에 다녀온다는 것이 그곳에서 잠을 자버려 5시가 다 되어서야 나타났다.

회사에서는 난리가 났다. 우리는 모두 제작 국장님께 불려갔다. 남자 두 사람은 술 냄새를 풍기고, 아나운서인 난 코가 완전히 막힌 코맹맹이 소리를 내고 있었다. 우리는 왜 술을 마셨는지 자초지종을 이야기했다. 국장님은 제작비에 관련한 일이라는 말에 빙긋 웃으시더니 이번 한번은 용서하지만 다시는 용서하지 않을 거라고 엄포를 놓으셨다. 그리고 가서 뉴스 녹화를 어서 하라고 하셨다.

국장실을 나와 우리는 모여 앉아 커피를 마셨다. 녹화는 7시로 미룬 상태였다. 그렇게 앉아 서로를 바라보자니 어이없는 웃음이 나왔다. 술로 총무부 직원을 어떻게 달래 제작비에 대한 요구를 하려했던 우리의 의도와는 달리 정작 멀쩡한 총무부 직원들에게는 그 어떤 해답도 듣지 못한 채 우리만 취해서 녹화 방송을 펑크 내는 사고를 낸 것이었다. 그날 저녁 뒤늦게 뉴스 녹화를 마쳤다. 우리 모두에게 힘겹고 기억에 남는 하루였다.

그날 아찔한 낮술 사건 이후로, 나는 당연히 방송 전에 술을 마시는 창피한 짓은 하지 않았다. 뿐만 아니라 목소리를 철저히 관리하는 습관이 생겼다. 방송 전에는 말도 큰 소리로 하지 않았다. 열악한 방송 환경 속에서 벌어진 해프닝을 통해 그래도 좋은 습관 하나를 얻었으니 참 다행이었다. ***

10. 여자는 시집만 잘 가면 된다?

결혼 때문에 내가 정말 하고 싶은 일을 포기하고 싶지는 않았다. 내가 선택한 일로 인정받은 후에 결혼하고 싶었다.

나는 대학 시절부터 일을 하고 싶었지만 독신주의자는 아니었다. 아니 오히려 결혼은 꼭 해야 한다고 생각했고 좋은 배우자를 고르는 데에도 관심이 많았다. 다만 내가 하고 싶은 일을 제대로 시작해보기도 전에 도망치듯 결혼을 하고 싶지는 않았다.

대학 입학 후 대학생이 될 때까지 미루었던 미팅을 열심히 해봤지만, 설레는 마음과는 달리 실망스럽게 끝나고 마는 경우가 많았다. 아마도 그때 어린 내 생각으로는 미팅만 하면 백마 탄 왕자라도 만날 줄 알았다가 현실이 그렇지 않다는 것을 알고 실망했던 것 같다.

대학 2학년 봄, 선배 언니를 통해 남자친구를 소개받았다. 우리는 자주 만나지는 못했지만 그래도 덕분에 미팅에 정신 팔지 않고 아나운서 시험 준비에만 전념할 수 있었다. 그런데 그 친구는 내가 얼마나 아나운서가 되고 싶어 하는지 이해하지 못했고, 그로 인해 결국 우리는 헤어지고 말았다. 결혼까지 생각한 것은 아니었지만, 그 친구와 헤어지면서 나는 적어도 내 꿈과 일을 이해하는 남자를 만나서 결혼할 것이라고 생각했다.

그런 나에게, 졸업도 하기 전에 결혼할 뻔한 사건이 있었다. 3학년 1학기 어느 날, 부전공 영문과 수업을 듣고 강의실을 나오려는데 영문과 교수님이 날 부르셨다. 나이가 좀 지긋하신 분이었는데, 영문학과 학생이 아닌데도 부전공 수업을 듣는 타 과생들을 일일이 기억하고 계셨다. 영문도 모르고 교수님의 연구실로 갔다. 교수님은 나에게 형제는 어떻게 되는지, 부모님은 뭘 하시는지, 부전공 공부는 왜 하는지 이것저것 물어보셨다. 대체 왜 그런 것을 물으실까 의아했다.

"그래, 자네는 대학 졸업 후에 무엇을 할 계획인가?"

"취직을 하고 싶습니다. 지금은 방송국 시험을 준비하고 있습니다."

나는 교수님이 내게 좋은 취직 자리를 추천해주시려고 그런가보다 속으로 은근히 기대하며 대답했다. 그런데 그건 내 착각이었다. 교수님은 책상 서랍을 여시더니 한 장의 사진을 꺼내 보여 주셨다. 젊은 남자였다.

"내 아들이야. 지금 미국에서 공부 중인데 곧 방학이라 나온다네. 이참에 이 녀석 장가를 보내고 싶은데, 자네가 우리 아들과 선을 보지 않겠나? 부모님도 함께 뵈었으면 좋겠는데."

나는 교수님의 갑작스런 말씀에 당황스러웠다. 영문과 학생도 아닌 나에게 그런 말씀을 하신다는 것이 의외였다. 내 이름 때문에 교수님이 나를 특별히 기억하고 있었던 것이 아닌가 생각했다. 예전부터 내 이름이 워낙 독특해서 선생님들은 출석을 부르고 나면 항상 내 이름을 기억하셨다. 그래서 이름 때문에 질문 받는 일도 많았었다. 학창 시절 난 내 이름이 싫어서 나중에 어른이 되면 개명하겠노라고 결심한 적도 있었다. 물론 지금은 오히려 예명이 아니냐는 말을 듣고 있지만 말이다.

어쨌든 당황한 나는 그 자리에서 대답하지 못하고 그저 생각해보겠노라고 말씀드리고 연구실을 나왔다. 솔직히 교수님의 제안은 나를 고민하게 만들기에 충분한 것이었다. 교수님은 만약 내가 당신 아들과 결혼한다면 함께 미국에서 계속 학업을 할 수 있게 해주겠노라고 하셨다. 당시 외국에 나가서 한번 살아보는 것은 스무 살 갓 넘은 여자아이로서는 한번쯤 꿈꿔볼 만한 일이었다. 외국여행이 자유롭지 않던 그 시절, 외국에 나간다는 것은 그야말로 제한된 사람들의 특권이었다. 그런데 나에게 미국에 나가서 공부하며 살 수 있는 기회가 주어진다고 생각하니 고민이 되었다. 결혼을 해서 미국에 나가 살 기회를 잡을 것인가, 아니면 그냥 한국에서 나의 갈 길을 갈 것인가.

나는 대학 3학년인 그때까지 한번도 결혼에 대해서 구체적으로 생각해보지 않았었다. 더구나 당시 나에게는 남자친구가 있었다. 남자친구에게 그 얘기를 했더니 이상한 교수님이라면서 화를 냈다. 그날 우리는 심하게 싸웠다.

일주일 뒤 다시 교수님의 수업이 있던 날, 수업이 시작되기 전 교수님의 연구실로 찾아갔다.

"죄송하지만, 저는 지금 당장 결혼할 생각이 없습니다. 졸업 후 취직해서 사회에서 일하고 싶습니다. 결혼은 제가 하고 싶은 일을 시작한 후에 그때 하고 싶습니다."

나는 솔직한 심정을 말씀드렸다. 교수님도 이해해주셨다.

그 후로 나는 결혼에 대한 생각은 완전히 접어두고 살았다. 그러다 졸업 후 사회생활을 하면서 다시 한번 결혼에 대해서 진지하게 생각하게 된 시점이 있었다. 스물여섯 살의 나이에 접어들었을 때, 난 뭔가 인생의 전환점을 만들어야 한다고 생각했다. 그냥 이대로 백화점 방송실 아나운서로 남아있을 것인지 아예 일을 포기하고 가정주부로 들어앉을 것인지, 아니면 또 다른 뭔가를 설계해야 하는지 결정해야 한다고 생각했다. 난 그냥 가만히 있는 것보다 뭔가를 또 시작하고 싶었다. 그렇다고 일만 하고 결혼은 하지 않겠다고 생각한 적은 없었다. 결혼도 해야 한다고 생각했다. 다만 그 결혼 시점이 꼭 20대 중반이어야 하는가는 자신이 없었다. 아직 젊은 20대 중반, 나는 사람을 소개받을 때도 결혼할 배우자를 찾는 것은 아니었다. 그냥 남자친구나 애인을 찾고 싶다는 생각이 더 강했다.

그러다보니 주위에서 한창 좋은 때라면서 소개 자리를 많이 만들어 주었다. 그 중에는 당시 방송에서 잘나가던 유명 MC도 있었고, 홍콩배우 유덕화처럼 잘생긴 미국 유학생도 있었다. 나는 개인적으로 그들 모두 나름대로 호감이 가긴 했지만, 남녀 일이 그렇듯 인연이 없었는지 깊은 만남으로 이어지지는 못했다.

그런 와중에 부모님은 나에게 결혼 적령기라며 선을 볼 것을 권유하셨다. 친구들이 소개해주는 사람들은 그래도 가볍게 만나고 헤어져 들어올 수 있지만 집안끼리 말이 오고간 선 자리는 정말 죽을 맛이었다. 친구들이 소개해주는 사람들보다 조건은 백배, 천배 나았지만 마음이 끌리질 않았다. 조건은 완벽한데도 왜 마음이 가질 않는 것일까. 20대 중반의 나에게는 능력 있는 남성보다는 키 크고 잘생긴 남성이 더 매력 있게 보였다. 아무리 잘나가는 직업을 가지고 있다고 한들 배나오고 뚱뚱한 사람은 싫었다. 건물을 몇 개 가지고 있는 부잣집 남자라 해도 나이 들어 보이는 대머리 아저씨는 싫었다. 아무리 똑똑한 박사라고 해도 키 작은 나보다도 작은 사람은 싫었다. 이런 날보고 부모님은 철이 없다느니, 네가 아직 세상을 안 살아봐서 그렇다느니, 경제적으로 어려운 걸 겪어보지 않아서 그렇다느니 하시며 꾸중하고 달래시면서 계속 혼담 자리를 내놓으셨다.

어쨌든 스물여섯 살이 되도록 그렇게 많은 소개를 받고 선을 보면서도 특별하게 사귀는 남자도 없는 딸을 아버지는 노처녀라고 생각하셨고 시집을 가야 한다고 생각하셨다. 그러다보니 아버지와 부딪치는 시간이 많아졌다. 많이 보수적이고 완고하신 아버지는 큰 딸이 결혼하지 않고 직장에 다니는 것이 마음에 들지 않았던 것이다. 어머니는 날 시집보내기 위해 선 자리를 알아 오시는 날이 많아졌고, 그럴 때마다 나는 어머니를 생각해 최대한 차려입고 나가서 예의를 갖춰 시간을 보낸 후 한 번의 만남으로 끝내고 돌아왔다. 그리고 내 인생은 내가 알아서 한다며 부모님 마음을 속상하게 했다. 20대에 결혼하고 싶지는 않았다. 하고 싶은 일이 너무 많았다. 아침 식탁에서 아버지의 잔소리가 많아졌다.

"빨리 결혼해야지. 그러지 않으면 서른 넘어서는 데려가는 남자도 없다."

아버지의 잔소리를 들을 때마다 집에 있기가 싫었고 급기야는 새벽 6시 수영을 다니면서 아버지와 아침 시간에 대면하는 것을 피했다.

그런 나에게 운명의 상대가 나타났다. 1991년 5월, 한국 케이블 텔레비전 시범방송사업단에서 합격 소식은 없고 부모님 몰래 유학 준비를 하고 있을 때였다. 롯데백화점 방송실로 롯데호텔에서 근무하는 선배 언니가 전화를 했다.

"난희야, 사람 소개받지 않을래?"

"언니, 전 관심 없어요. 유학 갈 거라서 남자를 소개받을 수 없어요."

"그래도 한번 만나나 봐. 우리 호텔 의무실에 파견 나온 인턴인데, 사람이 참 괜찮더라. 그 사람도 마침 사귀는 사람이 없다고 하니 한번 만나봐라, 응?"

"정말 관심 없어요."

나는 일해야 한다며 전화를 끊었다.

다음날 아침, 5월의 아침치고는 더운 날씨였다. 난 민소매 탑이 훤히 들여다보이는 쉬폰 블라우스에 반바지를 입고 정리하기 귀찮은 머리를 노란 고무줄 하나로 질끈 묶고 화장도 하지 않은 맨얼굴로 출근했다. 개점 행사를 마치자마자 전화벨이 울렸다. 선배 언니였다.

"난희야, 어떡하니? 실은 네가 거절할 줄 모르고 오늘 저녁 7시로 그 인턴과 미리 약속을 해놨거든. 네가 소개 안 받겠다고 해서 오늘 아침에 출근해서 소개팅 취소됐다고 말하려고 했는데, 글쎄 그 인턴이 새 옷에 새 양말에 머리까지 단정하게 정리하고 나타났지 뭐니. 그러니 내가 미안해서 차마 취소됐다는 말을 못 하겠다. 그러니까 오늘 저녁 7시에…."

"언니, 싫다고 했잖아요. 게다가 소개팅에 나갈 복장 상태도 아니라구요."

"난희야, 내 체면 좀 봐주라. 부담 갖지 말고 나가서 그냥 잠깐만 앉았다 와."

"그래도 싫은데….."

"에이, 나도 모르겠다. 내가 직접 말은 못 하겠고 그 사람한테 네 전화번호를 줄 테니까 전화 오면 네가 직접 싫다고 말해. 알았지?"

언니는 전화를 끊어버렸다. 무척 난처한 상황인 것이 느껴졌다.

'에이, 할 수 없지. 그냥 나가서 시간이나 때우고 오지 뭐.'

이런 옷차림으로 소개팅에 나가봐야 분명히 딱지를 맞을 거라고 생각하고 있었다.

점심 때, 그 사람의 전화가 걸려왔다. 난 사무적으로 대답했다. 그리고 백화점 폐점이 7시 30분이니 30분을 기다리셔야 하는데 괜찮겠냐고 물었다. 그는 괜찮다며 그 시간에 보자며 전화를 끊었다.

폐점 시간이 다가오자 방송실 언니는 폐점 방송은 본인이 할 테니 일찍 나가보라고 했다. 하지만 소개받을 생각이 조금도 없었던 나는 미적미적거렸다. 그래도 약속을 펑크 낼 수는 없어서 내키지 않은 마음으로 백화점을 나섰다. 거리엔 비까지 추적추적 내리고 있었다. 약속 장소인 호텔 커피숍으로 가면서 문득 내가 그 사람에 대해서 아는 것이 없다는 것을 알았다. 처음부터 관심이 없었던 나는 기초적인 신상 정보에 대해서도 물어보지 않았던 것이다.

약속 장소에 도착해 그 사람을 만났다. 애기를 나눠보니 그는 누나 넷을 둔 외동아들이었다. 선보기 전에 미리 알았다면 고개를 저으며 아예 만나려고 하지 않았을 것이다. 게다가 키도 크지 않았다. 그런데 사람 일이란 참 모를 일이다. 나는 첫눈에 그 사람이 좋았고, 그와 사귀게 되었다. 그렇게 시간 때우기로 만난 남자가 운명의 상대일 줄은 꿈에도 생각 못했다. 그가 바로 지금의 남편이다.

인생에서 결혼은 무척 중요하다. 또한 결혼처럼 한 사람의 가치관을 온전히 반영하는 일도 드물다고 생각한다. 나는 사랑하는 사람과 결혼하여 단란하고 행복한 가정을 꾸리고 싶었다. 그러나 결혼 때문에 내가 정말 하고 싶은 일을 포기하고 싶지는 않았다. 특히 난 20대에 결혼하고 싶지는 않았다. 20대에 내가 선택한 일로 인정받고 안정된 후 30대에 결혼하고 싶었다. 20대의 나에게는 일이 더 중요했다. ***

Part_2

30대, 새롭게 도전하라!
그리고 성공의 꽃을 피워라!

때론 너무 속상해 울고 싶은 적도 있었지만,
난 절대 남 앞에서 눈물을 흘리지 않았다.

– 본문 중에서

1. 진정한 성공의 기회는 30대에 찾아온다

20대 때 충분히 경험하고 준비한 사람이라면, 30대에 멋지게 승부할 수 있다. 준비된 자에게 도전은 짜릿한 새 인생을 펼쳐 보인다.

20대 때 난 참 많이 고민하고 갈등했다. 여러 번 방황하고 실패도 많이 했다. 하고 싶은 일도 많았고 하는 일도 많았다. 욕심도 많았지만 하는 일은 번번이 실패하곤 했다. 그런데 수많은 실패를 거듭하면서 난 조금씩 성숙해졌고 겸손해졌으며 많은 것을 배웠다. 욕심만 부린다고 되는 것이 아니라 꾸준히 노력해야만 했다. 하고 싶다면 아주 열심히 해야 했다. 꿈을 버리지 않고 늘 한결같이 행동해야 나에게 길이 열린다는 것을 알게 되었다.

대학 입학 후부터 10년의 세월은 혼돈의 시절이었다. 실패하고 울었지만, 오뚝이처럼 다시 일어서기를 반복했다. 어쩌면 20대에는 어떤 결정을 내리기 싫었는지도 모른다. 20대에는 그저 열심히 내가 평생 일할 수 있는 직장을 찾고 그 곳에서 성공하지 않으면 결혼도 않겠다는 생각을 했다. 오로지 직장을 찾고 일에서 인정받는 것에만 모든 가치를 걸었다.

하지만 30대가 점점 다가올수록 나도 조금씩 지쳐갔고 포기하고싶은 마음이 조금씩 고개를 들기도 했다. 그리고 마침내 서른을 맞이했다. 서른이 되면서 나는 결혼을 결심했다. 마침 사랑하는 사람이 있기도 했지만, 결혼은 나의 모든 것을 이룬 후에 할 수 있는 최후의 선택이라는 생각에 점점 자신이 없어졌다. 이러다 결혼할 기회까지 놓칠 것 같은 위기감이 있었는지도 모른다.

결혼하면 나의 일은 끝일지도 모른다는 불안감에 결혼을 기피했던 나에게, 결혼과 함께 바라던 모든 것들이 하나둘씩 찾아오기 시작했다. 나는 기뻤고, 그 기회를 놓칠 수 없었다. 결혼과 함께 제2의 인생이 시작되었다.

나는 그야말로 대기만성형 인간이다. 서른이 넘어서, 그것도 결혼을 하고 난 후에 나의 천직을 찾아 새롭게 출발했고 화려한 성공도 거두었다. 나의 20대가 성공의 발판을 마련하기 위한 준비 과정이었다면, 나의 30대는 성공을 향한 치열한 전투 그 자체였다. 또한 30대는 좌충우돌하고 불안정했던 20대 시절을 보상해주는 시기였다.

30대는 제2의 사춘기라는 말이 있다. 그만큼 30대라는 시기는 앞으로 남은 미래를 위해 보다 큰 그림을 그리며 다시 한 번 고민하는 시기인 것이다. 20대에 좋은 직장을 얻어 차곡차곡 경력을 쌓은 사람도 30대에 접어들면 한번 쯤 자기 사업을 해볼까 고민해보는 시기이며, 나처럼 많은 실패와 시행착오를 겪은 사람들은 다시 한번 인생의 승부수를 띄울 만한 시기다.

20대 때 충분히 경험하고 준비한 사람이라면, 30대에 멋지게 승부할 수 있다는 것이 내 생각이다. 필요하다면 과감히 기존의 틀을 버리고 도전할 필요도 있다. 준비된 자에게 도전은 짜릿한 새 인생을 펼쳐보일지도 모른다. 일하는 사람에게 있어 30대야말로 성공의 달콤한 결실을 맛보고 즐길 수 있는 적기라고 생각한다.

흔히들 여성의 전성기는 20대라고 한다. 30대에 접어들면 퇴물 취급받기 십상이다. 게다가 결혼까지 했다면 조용히 가정이나 지키라는 은근한 압력을 받기 마련이다. 그러나 여성들도 충분히 성공의 화려함과 짜릿함을 즐길 자격이 있다. 특히 30대 여성이라면 자신 있게 성공을 설계하고 느껴야 한다. 그러기 위해서는 20대의 꿈을 버리지 말아야 한다. 기회는 꿈을 포기하지 않는 사람에게 찾아오기 때문이다. 머뭇거리고 포기하는 사이, 성공의 기회는 더 멀리 달아나 버릴지도 모르니까 말이다. ***

2. 결혼, 그리고 새로운 도전의 시작

결혼 후 끝날 것 같던 나의 인생에 새로운 도전의 기회가 찾아왔다. 나는 그 기회를 놓치지 않았고, 성공은 그만큼 가까이 다가와 있었다.

케이블 텔레비전 시범방송사업단에서 보낸 세월은 빨리 지나갔다. 3년 간의 시범방송이 끝나고 난 후 그곳에서 일했던 나와 스태프들은 새로운 케이블 텔레비전에서 일할 수 있는 특혜가 주어질 줄 알았다. 하지만 아니었다. 나 역시 어떤 제의가 있지 않을까 은근히 기대했지만 그런 행운은 없었다.

시범방송사업단은 해체되면서 양천지역방송이 되었다. 나는 한국통신 직원으로서 지역방송 아나운서로 남았다. 나와 함께 일했던 PD, 카메라맨들은 지방방송국으로, 케이블 방송국으로 하나둘씩 떠나기 시작했다. 나도 떠나고 싶었다. 만 3년 간의 시범방송을 하면서 내가 느낀 가장 큰 아쉬움은 지역방송 매체라는 너무나 작은 방송국에서는 나의 능력과 꿈을 실현하는 데 한계가 있다는 것이었다. 이제는 지역 뉴스 제작에도 조금씩 매너리즘에 빠지기 시작했고 여전히 전국 방송이 아니라 동네 방송에 머물러 있어야 한다는 사실에 회의가 들기 시작했다.

그 즈음 난 결혼을 하게 되었다. 나이 서른이었고 더 이상 결혼을 미룰 명분도 없었다. 부모님은 이제 결혼해서 시댁으로 들어가니 살림에만 신경을 쓰라고 말씀하셨다. 사실 결혼 전 남자친구와 반년 정도 헤어진 적이 있었다. 내가 일하는 것을 굉장히 싫어하신 남자친구 어머님 때문이었다. 내가 일하는 것을 포기하지 않으면 결혼은 할 수 없는 것이었다. 남자친구는 일을 그만둘 것을 권유했고 난 그렇게 하지 않았다. 결국 우리는 헤어졌다. 난 일과 사랑, 그 두 가지를 모두 가지려고 하지 않았다. 두 가지를 모두 가지면 좋으련만 모두 가질 수 없다면 일을 선택하는 것이 나에게는 좋다고 생각했다. 그런데 운명이 있는지, 그 사람은 다시 나를 찾아왔고 그해 가을 결혼을 했다.

결혼을 하지만 일은 계속 하고 싶었고, 무엇보다도 지역 방송국에서 벗어나고 싶었다. 나는 케이블 텔레비전 프로그램 공급자에서 사람을 채용한다는 공고만 나면 원서를 넣었다. 하지만 날 채용하는 곳은 없었다. 당시 내가 가장 일하고 싶었던 곳은 뉴스 전문 채널인 YTN이었다. 함께 일했던 사람들은 내가 ENG 카메라로 제작하는 활동적인 프로그램에 어울린다고 했지만, 개인적으로는 뉴스앵커에 대한 동경을 버릴 수가 없었다. 하지만 YTN에서는 날 경력으로도 채용하지 않았다.

또 다시 경제뉴스 전문 채널인 MBN 아나운서 모집에 원서를 넣었다. 1차, 2차를 합격했다. 뭔가 좋은 조짐이 보였다. 그런데 마지막 3차 카메라 테스트와 면접 시험날이 하필 나의 결혼식 바로 다음날이었다. 결혼식을 미룰 수는 없었다. 그렇다고 마지막 시험을 포기할 수도 없었다. 난 남편에게 의논하고 신혼여행을 하루 미루기로 했다. 물론 시어머님께는 그런 이유를 말씀드리지 않았다. 그렇지 않아도 일하는 것을 못마땅해하시고, 결혼하면 당연히 직장을 그만두리라고 기대하고 계시는데 또 다른 회사에 면접시험을 보러가기 위해 신혼여행을 미룬다고 하면 파혼이라도 당할 것 같았다. 친정 부모님께도 다른 핑계를 댔다.

그렇게 나는 결혼식을 마친 후 곧장 신혼여행을 떠나지 못하고 다음날 면접시험을 치른 다음 오후 비행기를 타고 여행길에 올랐다. 신혼여행을 가서도 어쩐지 서울에 돌아가면 합격통지서가 와 있을 것 같은 예감에 들떠 있었다. 이번에는 합격할 것만 같았다. 물론 난 항상 원서를 넣을 때마다 합격할 것 같은 기분이 들었다. 결국 낙방하여 의기소침해지고 우울해졌지만 다시 원서를 넣을 때면 이번에는 반드시 합격할 것 같았다. 그러길 몇 번이었다.

신혼여행을 마치고 서울에 돌아온 난 가장 먼저 합격 여부부터 확인했다. 물론 보기 좋게 떨어져 있었다. 남편에게 어찌나 미안하던지. 신혼여행까지 미루면서 열정을 내고 간 시험인데 그렇게 떨어져버렸으니 말이다. 난 정말 그때 예전과는 달리 심한 허탈감을 느꼈고, 자신감도 잃었다. 왜냐하면 이제 나이 서른이고, 게다가 결혼까지 했으니 아무래도 방송국에 취직하기는 더 힘들어질 것 같았기 때문이다.

어쩌면 나는 그런 이유로 결혼을 계속 미루어 왔는지도 모른다. 서른 살이 될 때까지 이렇다 하게 해놓은 것도 없이 나이만 먹은 과년한 딸이 혹여 시집이라도 못 갈까봐 부모님은 걱정하셨고, 그런 부모님 때문에 약간은 떠밀리는 기분으로 결혼을 했던 것도 사실이다. 물론 남편을 사랑했지만, 내가 원하는 직장에서 자리를 잡을 때까지는 결혼은 좀더 미루고 싶었던 것이다.

그런데 이제 결혼했으니 시험 볼 자격부터 박탈당하게 되었다고 생각했다. 미혼으로서 마지막으로 본 시험에서 떨어지자 이전에 수없이 시험에 떨어질 때와는 또 다르게 기분이 우울했다.

'이제 나의 인생은 결혼과 함께 끝이구나.'

그런 생각을 하니 20대의 열정이 허망하게 느껴졌고 우울해졌다. 나의 꿈을 이렇게 접어야 한다고 생각하니 서러움이 목 끝까지 차올랐다.

신혼여행을 마치고 돌아온 후 나는 시댁에 들어가 살림을 시작했고, 동시에 양천지역방송국으로 출근했다. 그곳에서의 일은 더 이상 내게 어떤 재미도 보람도 주지 못했다. 그 전과 똑같이 너무나 익숙하게 지역 뉴스와 생활정보 프로그램을 녹화했다. 내가 더 익혀야 할 방송업무도 없었다. 오히려 목소리 더빙은 전문 성우가 와서 하고 뉴스 취재도 전문 작가가 맡아서 했다. ENG촬영을 나가는 리포터도 생겼다. 그러니 시간이 많이 남았다. 하루가 길었다. 소수 인원이 여러 가지 일을 한꺼번에 소화해야 했던 시범방송사업단 시절과 비교하면 일도 훨씬 편해졌지만, 나에게 그런 상황은 너무나 지루하게 느껴졌다.

그렇게 서른 살의 겨울을 보내고 서른한 살로 접어든 1995년 1월초, 시범방송사업단에서 일하다 다솜방송(그 당시 교육 전문채널)으로 옮겨간 K PD로부터 한 통의 전화가 왔다.

"유난희씨? 혹시 리포터해보지 않을래요?"

K PD는 나와 함께 일하면서 내가 뉴스를 진행할 때보다 리포터할 때 훨씬 애드리브와 센스가 돋보인다고 했던 사람이었다. 그런 그가 내게 케이블 텔레비전 리포터 일을 제의한 것이다. 다만 정식 직원은 아니고 프리랜서로 일하는 것이라고 했다. '엄마가 보여주는 세상' 이라는 제목의 아이들을 위한 교육용 책과 도서들을 소개하는 교양 프로그램 리포터로, 만약 편성이 바뀌면 하루아침에 실직할 수도 있다고 했다. 하지만 잘하면 잘한 만큼 일할 기회도 많을 것이라고 했다.

"좋아요. 그렇게 할게요."

난 주저 없이 일하겠다고 했다. 양천방송 아나운서보다 보수도 적고 무엇보다 국영기업의 정식 직원이라는 안정적인 자리를 버리고 불안한 프리랜서로 옮겨가는 것이 마음에 조금 걸렸다. 하지만 지역이 아닌 전국으로 방송되는 프로그램을 하고 싶다는 열망이 너무나 컸기 때문에 그 정도의 위험은 충분히 감수할 수 있었다.

나는 양천방송에 사표를 냈고 다솜방송 프리랜서 리포터로 옮겨갔다. 주위의 반대도 있었지만 누구도 나의 고집을 꺾지 못했다. 1995년 1월부터 시작된 다솜방송 리포터 일은 새롭고 재미있었다. 일주일에 한번씩 ENG팀과 야외 촬영을 나가고, 스튜디오에서도 녹화를 했다. 보수는 적었지만, 돈보다는 역시 사람들과 어울리면서 새로운 일을 또 하나하나 배워나가는 일이 좋았다. 내가 안정적인 직장을 버리고 프리랜서로 일하는 것을 못마땅하게 여기셨던 부모님도 케이블 텔레비전을 통해 내가 방송하는 모습을 직접 볼 수 있게 되자 좋아하셨다.

대학 때 아르바이트로 일했던 것을 제외하고 정식 직원이 아닌 프리랜서로 일한 것은 그 때가 처음이었다. 프리랜서는 능력 위주였다. 다솜방송 일을 하는 동안에는 일주일에 두 번만 출근하면 되었다. 그래서 그 사이 나는 시댁에서 살림을 배우면서, 한편으론 다른 케이블 텔레비전에서도 혹시 리포터를 채용하는 곳이 없는지 체크해야 했다.

그렇게 4개월의 시간이 흘렀을 때, 고맙게도 나의 운명은 성

공을 위한 최고의 기회를 던져주었다. 바로 쇼호스트가 될 수 있는 기회였다. ***

3. '희망 연봉 1억'을 적어 넣은 겁 없는 서른한 살 주부

서른한 살 주부가 쇼호스트 시험에 합격했다. '합격'이라는 말 한 마디에 세상 모든 것을 가진 듯 기뻤다.

다솜방송에서 프리랜서 리포터로 일한 지 4개월 정도 지난 어느 토요일 오전, 나른한 기분으로 늦은 아침을 먹으면서 신문을 뒤적이고 있다가 습관적으로 신문 하단의 구인 광고를 보고 있었다.

'홈쇼핑 텔레비전(HSTV)에서 일할 인재를 모집합니다.'

그때 '쇼호스트'라는 직종에 눈길이 갔다. '쇼호스트 – 방송에서 상품을 소개하는 전문 진행자'라고 직업 소개가 되어 있었다. 그런데 쇼호스트가 정확히 어떤 직업인지 알 수가 없었다. 어쨌든 방송국에서 일하는 것은 확실했는데, 지원 자격을 보니 나이 제한이 없고, 결혼 여부도 상관이 없다고 나와 있었다. 방송국 시험을 그 동안 수십 번 치르면서 계속 나이에 걸리고 결혼에 걸렸었는데 쇼호스트는 달랐다.

나로서는 이게 웬 떡인가 싶었다. 그런데 마감 날짜를 보니 바로 그날이었다. 이미 마감시간까지 몇 시간 남아 있지 않았다. 게다가 토요일이었고, 필요한 서류는 너무 많았다. 입사지원서, 이력서, 자기소개서, 졸업증명서, 성적증명서, 스냅 사진, 프로필 전신 사진 등등.

입사지원서는 접수처에 가서 바로 쓰더라도 문제는 사진이었다. 증명 사진은 그 동안 방송국 시험을 보면서 뽑아놓은 것이 있는데 스냅 사진이 필요했다. 급한 대로 동네 사진관으로 달려가서 사진관 아저씨에게 사정사정했다. 그래서 당일 나올 수 없다는 스냅 사진을 몇 시간 안에 뽑기로 하고 사진을 찍었다. 사진이 나오기까지 2시간 정도 여유가 있었다. 문구점에 가서 이력서와 자기소개서 용지를 사다가 빵집에서 우유 한 컵을 시켜놓고 정성스럽게 작성했다.

방송국 시험 22번, 그 외 일반 기업 시험에 10여 차례 원서를 넣다보니 이력서와 자기소개서를 쓰는 데는 도가 튼 상태였다. 눈 감고도 쓸 수 있었다. 혹시 글씨체가 엉망이면 서류전형에서 떨어질까봐 조금이라도 글씨가 흐트러지거나 간격이 어긋나면 다시 쓰기를 반복하면서 마음에 들 때까지 썼다.

2시간 후 사진관으로 향했다. 사진관에 들어가 방금 출력된 스냅 사진을 받아든 난 울고 싶었다. 급하게 찍다보니 사진 배경이며 옷차림이며 메이크업이며 모든 것이 마음에 들지 않았다. 그렇다고 이제 와서 어떻게 할 방도가 없었다.

나는 바로 HSTV(39쇼핑의 전신)로 향했다. 토요일 오후라

교통은 얼마나 막히던지 HSTV에 도착했을 때는 1층의 원서 마감대가 이미 철수를 하고 있었다. 입사지원서조차 없던 난 사정해서 원서를 받아들고 1층 로비 라디에이터에 걸터앉아 입사지원서를 쓰기 시작했다.

그렇게 HSTV의 첫 출발은 몇 시간 사이에 전쟁을 치르듯 정신없이 시작되었다. 다른 방송국 시험이 길게는 두 달 전부터 정보를 구하고, 모든 준비 서류와 멋진 사진을 갖춰놓고 여유있게 이루어졌던 것에 비하면 홈쇼핑 지원은 아주 우연하고도 단시간에 이루어졌다.

그런데 원서를 내고 며칠 뒤 별로 기대하지 않았던 HSTV로부터 1차 서류시험에 합격했다는 연락을 받았다. 2차 시험인 카메라 테스트와 실기시험을 준비하라고 했다. 걱정이었다. 실기시험을 봐야 한다는데 막상 홈쇼핑 방송을 시청해본 적이 한번도 없었기 때문이었다. 나는 홈쇼핑 회사에 전화를 걸어 어떻게 실기시험을 준비하면 좋을지 물어보았다. 인사부 직원 대답이 그냥 상품 세 가지를 임의로 정해서 소개하면 된다고 했다. 대본도 없다고 했다.

'상품을 소개한다? 상품을 소개하라…'

나는 일단 상품을 판매하는 매장에 가보기로 했다. 동네 가게와 시장에 가보았지만, 별다른 힌트를 얻지 못했다. 백화점으로 나가보았다. 상품을 판매하는 사람들은 많았지만 소개하는 사람은 없었다. 그렇게 매장을 여러 차례 돌아보던 난 한 행사장에 발길이 멈춰졌다. 백화점 한 코너에서 수입 브랜드 샴푸를 이벤트 형식으로 판매하는 광경이 보였다. 상품을 소개하는 여성이 아주 자세하게 샴푸를 소개하고 있었다. 내가 관심을 보이며 그 앞에 서자 아가씨는 나를 보며 말했다.

"손님, 모발 테스트 받아보세요."

난 어느새 아가씨의 손에 이끌려 의자에 앉았다. 작은 기구를 나의 두피에 가져다대고 이리저리 움직이자 17인치 모니터 창에 대단한 장면이 나타났다.

"손님, 손님의 모발은 지금 많이 손상되어 있습니다. 자 여기 보이시죠? 요즘 머리카락이 많이 빠지시죠?"

그녀는 나의 정곡을 콕 집더니 모니터를 보여주는 것을 멈추고 차트를 꺼내 보이면서 말했다.

"이 사진은 사람의 두피입니다. 사람의 피부는 표피층 아래에…."

그녀는 마치 피부과 의사 같았다. 왜 모발이 쉽게 많이 빠지는지 기본적인 피부층부터 머리카락의 모근까지 아주 상세하게 설명을 해주었다. 그녀의 설명을 듣던 난 나의 모발의 심각성을 느끼게 되었고, 그녀가 추천하는 샴푸를 구입해야할 것 같은 생각이 들었다.

'그래! 바로 이거다! 상품을 이렇게 설명하면 되겠구나!'

난 그녀에게서 어떻게 상품을 소개해야 할지 힌트를 얻게 되었다. 난 그 자리에서 실기 테스트에서 소개해야 할 상품 세 가지 중 하나를 샴푸로 정했다. 나는 아가씨에게 설명을 다시 한번만 해달라고 부탁했다. 그리고는 그녀가 건네준 팸플릿에 그녀의 설명 하나하나를 옮겨 적었다. 2시간 가까이 그녀와 이야기를 나누고 그녀가 추천하는 샴푸와 컨디셔너, 그리고 영양제를 구입하고 일어섰다. 끝까지 친절하게 설명해준 그녀에게 나는 고맙다는 인사를 전하고 집으로 돌아왔다.

'자, 이제 상품 하나는 해결했다. 나머지 두 개는 무엇으로 정한담?'

한참을 고민하던 나는 다리미가 떠올랐다. 시집올 때 어머니가 챙겨주신 다리미를 집어들었다. 어머니 역시 오랫동안 사용하시면서 아주 만족해하시던 다리미였다. 나는 다리미를 들고 동네 세탁소로 갔다. 아저씨에게 다리미를 보여주며 이 제품을 아시냐고 물었다. 아저씨는 잘 안다고 하시며 그 다리미의 좋은 점에 대해서 설명해주셨다. 그렇게 두 번째 상품이 정해졌다.

다시 집에 돌아온 나는 몇 시간을 고민하다가 마지막 상품으로 브로치를 선택했다. 곧바로 정해진 세 가지 상품에 관한 상품 소개를 노트에 깨알같이 적었다. 그리고 그 내용이 입에 완전히 붙도록 외우고 또 외웠다.

드디어 실기시험 당일이었다. 화이트 셔츠에 감색 바지 정장을 깔끔하게 차려입은 난 시험대기실에서 초조하게 순서를 기다리다가 늘씬하고 외모가 뛰어난 다른 1차 합격자들을 보면서 기가 죽고 말았다. 어머니와 함께 온 여성도 있었고, 남자 친구의 지원을 받고 있는 응시자도 있었다. 난 혼자였다. 혼자이다 보니 더 기가 죽었다.

드디어 나의 순서였다. 시험장 안에 여러 명의 심사위원들이 앉아 있었다. 난 책상 위에 준비해간 샴푸와 다리미, 브로치들을 가지런히 올려놓고 의자에 앉았다. 가슴이 콩닥콩닥 뛰었다. 외국인 심사위원의 얼굴도 보였다. 크게 심호흡을 하고 인사를 했다.

"안녕하세요, 00번 유난힙니다."

첫 상품으로 자신 있게 외웠던 샴푸부터 시작했다. 모두 진지했다. 사람의 두피 구조부터 하나하나 설명을 하고 사람의 모발의 특성까지 실수 없이 이야기했다. 마구 떨리던 나의 목소리도 조금씩 안정을 찾아가고 있었다. 첫 번째 상품을 무사히 마치고 두 번째 상품인 다리미를 소개하려고 하는데 "그만하세요."라는 목소리가 들려왔다.

"상품 소개는 그것으로 충분합니다."

그러면서 질문이 시작되었다.

"쇼호스트가 되시면 밤낮없이 새벽에도 일해야 하는데 결혼한 주부로서 괜찮으시겠어요?"

"네. 괜찮습니다. 각오하고 있습니다."

"아니, 본인은 괜찮아도 이력서를 보니까 시어머님과 함께 살고 계시던데 시어머님과 남편 분이 이해해주실까요?"

"네, 만약에 이해해주지 않으시면 이해하실 수 있도록 제가 노력해야죠."

대답을 하면서도 속으로는 '아니, 결혼한 주부도 상관없다고 자격 요건에 있지 않았나? 그런데 왜 물으시는 거지?' 하고 의아해했다.

그렇게 2차 시험을 무사히 치렀다. 시험장을 빠져나온 난 어쩐지 느낌이 좋았다. 샴푸 설명을 잘했다는 생각이 들었다.

며칠 뒤 2차 시험에 합격했다는 반가운 연락을 받았다. 나중에 임원진들로부터 당시 2차 시험에서 외국인 임원이 높은 점수를 주었다는 이야기를 들었다. 미국 QVC 홈쇼핑사에서 한국 HSTV의 홈쇼핑 컨설턴트를 위해 우리나라에 온 전문가였다. 그런데 다른 응시자들처럼 그냥 상품을 죽 나열하듯 소개하는 것이 아니라 왜 샴푸를 사용해야 하는지 기본적인 원리부터 전문적이고 논리적으로 설명하는 나를 보고 상당히 높은 점수를 주었다고 한다. 미국 홈쇼핑 쇼호스트들의 상품 소개 스타일과 가까웠던 모양이다. 다른 시험 감독관들은 외모적인 측면에서 나에게 그다지 높은 점수를 주지 않았다고 한다. 하지만 그 외국인 임원은 단순히 눈에 보이는 외모가 중요한 것이 아니라 신뢰감을 주는 용모와 믿을 수 있는 상품 정보력이 쇼호스트를 채용하는 데 가장 중요한 요소라고 강조했다고 한다.

3차 시험은 토익시험과 인성, 적성시험이었다. 시험은 하루 종일 실시되었고 토익시험보다도 인성과 적성시험이 더 비중이 컸다. 3차 시험에 합격하고 난 후 마지막 4차 시험은 사장님 면접이었다.

1차 시험 때 입었던 감색정장을 입고 4차 면접시험을 보았다. 사장님 면접을 마치고 나오는데, 인사부 직원이 종이 한 장을 건네며 나에게 희망 연봉을 적고 가라고 했다. 나는 그 자리에서 내가 받고 싶은 금액을 계산하기 시작했다. 당시 다솜방송 프리랜서 리포터인 내가 받던 보수가 30분 프로그램에 25만 원이었다. 그런데 홈쇼핑 방송은 1시간 생방송이니 한 프로그램 당 50만 원 씩, 일주일에 6개의 프로그램이니까 한 달로 치면 방송 진행료만 1천 2백만 원을 받아야 했다. 거기다 작가가 따로 없으니 내가 작가 몫도 해야 하므로 작가 비용도 포함했다. 그렇게 계산을 해보니 결과적으로 1억이 훨씬 넘는 액수가 나왔다. 내가 생각해도 좀 많다는 생각이 들었다. 그래도 난 하얀 종이에 자신 있게 '희망 연봉 1억'이라고 적어서 인사총무 직원에게 제출하고 나왔다.

다음날 아침 사장실에서 전화가 왔다. 최종 합격 발표도 나지 않았는데 나를 먼저 보고 싶다고 했다. 무슨 영문인지 몰랐지만 사장님을 뵈러갔다.

"유난희씨, 희망 연봉 1억 원을 적어내셨더군요."

"네, 사장님."

"유난희 씨가 현재 프리랜서로 다솜방송에서 리포터를 하고 있다는 것과 예전에 케이블 텔레비전 시범방송 아나운서 출신이라는 것은 이력서를 통해 알고 있지만 그 외 특이할 만한 경력은 없는데 무슨 이유로 1억 원이라는 액수를 쓴 건가요?"

난 잠시 대답을 못하다가 이내 침을 꿀꺽 삼키고 내 연봉 계산법을 말씀드렸다. 사장님은 잠시 말이 없더니 호탕하게 웃으셨다. 그리고 말씀하셨다.

"유난희 씨, 제 연봉이 얼마인지 아십니까?"

"사장님 연봉이요? 글쎄요. 잘 모르겠습니다."

"제 연봉이 6천만 원이 좀 넘습니다. 설마 저보다 많이 받으시겠다는 것은 아니겠죠?"

할 말이 없었다.

"유난희 씨가 많은 매출을 기록하고 회사에 많은 기여를 한다면 1억인들 못 드리겠습니까? 하지만 현재로서는 제 연봉보다 많아서가 아니라 유난희 씨의 능력을 평가할 그 아무것도 없기 때문에 1억이라는 액수를 드릴 수 없습니다. 이해하시겠지요?"

“네, 사장님.”

사장님의 말씀이 옳았다. 현재 나의 무슨 능력을 믿고 1억이라는 액수를 선뜻 내놓겠는가? 사장실을 나서는데 온갖 생각이 꼬리를 물고 떠올랐다.

'내가 희망 연봉을 너무 많이 적은 것인가? 설마 1억을 써냈다고 불합격되는 것은 아니겠지?'

모처럼의 기회를 겁 없이 적어넣은 '1억'이라는 숫자 때문에 날려버릴지도 모른다고 생각하니 심란했다. 하지만 며칠 뒤 난 합격이라는 반가운 소식을 들었다. 설사 1억이라는 액수를 받지 못하더라도 그것은 아무 상관이 없었다. 그냥 '합격'이라는 전화 연락 하나만으로도 세상 모든 것을 가진 듯했다. 서른한 살의 가정주부인 난 이제부터 다시 새롭게 열심히 잘해보자고 결심했다. ***

4. 쇼호스트는 나의 천직이다

사람들이 알아주지 않는 홈쇼핑 방송이었지만, 나는 일이 즐거웠다. 쇼호스트는 나의 천직이었다.

쇼호스트가 어떤 직업인지도 모른 채 방송국에서 일한다는 사실 하나만으로 나는 도취되었다. 그런데 막상 뚜껑을 열어보니, 쇼호스트는 아나운서와는 매우 다른 직종이었다. 대본도 없이 물건을 소개하되, 정말 사고 싶은 마음이 들게끔 설득력 있게 표현하는 커뮤니케이션 능력이 가장 중요했다. 그런 능력은 타고 나기보다는 후천적인 노력과 훈련이 필요하다. 나는 방송국 시험을 준비하면서 키워온 나의 능력을 십분 발휘했다. 쇼호스트를 시작한 지 얼마 되지 않아, 이 일이 내게 얼마나 천직인지 깨닫게 되었다. 나도 몰랐지만 나에게는 커뮤니케이션 능력이 있었다. 성실함과 인내심에도 자신이 있었다.

1995년 8월 1일, 홈쇼핑 첫 방송 이후 긴장과 생방송이 주는 묘미를 즐겼다. 쉬는 동안에는 상품을 놓고 미리 공부도 하고 연습도 하면서 점점 쇼호스트의 생리에 적응해갔다. 그러던 어느 날, 오랜만에 공중파 방송국 모임에 참석하게 되었다. 물론 이제 나도 어엿한 방송인이라는 자부심으로 말이다.

오랜만에 만난 지인들과 재미있게 이야기를 나누면서 서로의 방송 프로그램 이야기, 제작 이야기, 진행 이야기들을 나누고 있었다. 그런데 누군가 내게 물었다.

"난희 씨가 홈쇼핑에서 일한다고 했던가?"

"네."

난 자신 있게 대답했다. 이제 내 방송에 대해서도 관심을 보인다는 생각이 들었다. 그러나 나의 기대와는 전혀 다른 이야기들이 쏟아져 나왔다.

"홈쇼핑을 보는 사람이 있나?"

"홈쇼핑이 뭔데? 케이블 텔레비전 말하는 건가?"

"난 한번도 본적이 없는데."

"채널이 있어?"

"그거 물건 파는 거지?"

"직접 보지도 않고 물건을 사는 사람이 어디 있어?"

"유난희 씨, 물건 잘 팔려요?"

난 그저 사람들이 나의 방송에 대해서 궁금해하고 방송하면서 어려운 점은 없는지 물어봐 주길 기대했다. 그런데 사람들의 질문은 나를 방송인이 아닌 물건 파는 사람으로 보는 것 같아서 마음이 상했다.

'아, 난 장사를 하고 있었구나. 다른 사람은 모두 그렇게 생

각하고 있구나.'

충격이었다. 갑자기 창피한 생각이 들었다. 그 사람들은 모두 공중파 방송국에서 잘 나가는 프로그램을 제작하는 프로듀서였고 아나운서였으며, MC였던 것이다. 무엇보다도 나는 나 자신에게 놀랐다. 그때까지도 난 내가 방송국 아나운서라고 착각하고 있었던 것이다.

모임을 끝내고 집으로 돌아오는 내내 매우 우울했다. 이 일은 내가 그토록 원하던 일이 아니었다는 생각이 자꾸 들었다. 그날 밤 잠이 오지 않았다. 내가 내 일에 자부심을 가질 수 없다면 다 소용없는 일 같았다.

그렇게 일주일 간 꼬박 고민한 나는 인사총무팀에 전화를 걸어 그만두려면 어떻게 해야 하는지 물어보았다.

"프리랜서로 1년 계약을 하셨는데 지금 그만두시면 계약 기간 위반입니다. 그러니 계약금을 모두 돌려주셔야 합니다."

문제는 계약금이었다. 난 그때 1년 계약서에 사인을 하면서 1천만 원을 계약금으로 받았다. 아직 계약 기간이 8개월이나 남았는데, 그만두려면 받은 계약금을 돌려주어야 했다. 그런데 정작 나의 수중에 1천만 원은 없었다. 받은 계약금은 이미 자동차로 둔갑해 있었기 때문이다. 당시 레지던트였던 남편의 월급은 내 월급의 반도 되지 않았고 그나마도 시댁에 생활비 보태고 적금 붓고 하면 내 손에 현금 쥐기가 쉬운 일이 아니었다.

1천만 원을 만들려면 당장 적금이라도 깨야 할 처지였다.

쇼호스트 생활을 한 지 4개월 째, 최초의 홈쇼핑 쇼호스트 중의 한 사람이라는 등 신문에서는 연일 인터뷰 요청이 오고, 회사에서도 간판 쇼호스트로 인정해주면서 키워주고 있었지만 나의 마음은 콩밭에 가 있었다.

그러던 어느 날 방송을 마치고 나오시는 방송계의 대선배 고려진 선생님을 복도에서 만났다. 선생님은 25년 간의 공중파 방송 아나운서 생활을 접고, HSTV(39쇼핑의 전신)에서 우리 1기 쇼호스트들과 함께 홈쇼핑 방송을 시작하신 상태였다. 평소에 선생님으로부터 방송인의 자세를 많이 배우고 있던 나로서는 대선배이신 선생님께 의논드리고 싶었다.

"선생님, 잠깐 커피 한잔 하실 시간 있으세요?"

"그래, 그러자."

선생님과 이런 저런 이야기를 나누다 질문을 드렸다.

"선생님은 아나운서를 20년 넘게 하셨는데, 옛 동료분들 만나면 지금 홈쇼핑에서 상품 판매하고 있는 것이 혹시 창피하지는 않으세요? 친구분들이 뭐라고 안 하세요?"

선생님은 늘 그렇듯 기분 좋고 여성스러운 웃음을 지으시더니 말씀하셨다.

"호호호, 누가 뭐라고 하니? 지금 쉰 살이 넘은 내 나이에 방송하는 아나운서는 없다. 나도 한참을 쉬다가 다시 일하는 거잖아. 어떤 친구는 벌써 손녀보고 할머니 되었는데, 난 젊은 너희들하고 방송에서 일하고 있잖니. 설령 물건을 파는 거면 어떠니? 내가 즐겁게 일할 수 있는데. 친구들도 말은 안 해도 다들 나 부러워해. 호호호.”

선생님의 웃음 소리가 어쩜 그렇게 호탕하고 밝은지, 선생님의 대답을 들은 난 얼굴이 화끈 달아올랐다. 방송을 해도 나보다는 몇 십 년을 더하신 분이고, 게다가 ‘고려진 아나운서’라고 하면 모르는 사람이 없을 정도로 대단한 유명 인기 아나운서이셨다. 그런데 방송을 몇 년 했다고 그리고 또 얼마나 방송을 잘한다고 내가 감히 선생님 앞에서 홈쇼핑 방송을 하는 것이 창피하지 않으시냐는 질문을 드렸단 말인가? 순간 나 자신이 부끄러워졌다.

“난희야, 그런데 왜 그런 질문을 하니?”

“…….”

한참 부끄러운 마음에 대답을 하지 못하던 난 어렵게 그간의 고민거리를 말씀 드렸다.

“지금 잘 하고 있잖니. 현재 회사에서 잘 한다고 인정받고 있고 간판으로 키워주고 있고. 그러면 됐지. 네가 지금 즐겁게 일을 하고 있는데 남이 뭐라고 하든지 무슨 상관이니? 안 그래?”

“선생님의 말씀을 들으니까, 제가 정말 부끄럽네요.”

선생님이 그렇게 말씀하기 전부터 난 이미 나의 못남을 후회하고 있었다. 대 선배이신 선생님의 자세, 내가 하고 있는 일을 남이 어떻게 보느냐가 중요한 것이 아니라 내가 즐겁게 일을 잘 하느냐 아니냐가 더 중요하다는 것을 선생님의 밝은 웃음과 목소리에서 벌써 느꼈기 때문이다.

그날 나는 선생님과 대화를 나누면서 많은 것을 배웠다. 밤에 한숨도 자지 못 하고 선생님이 내게 해 주신 말씀들을 되새기고 또 되새겨보았다.

'그래, 1년만 버텨보자. 어차피 돌려줄 계약금도 없잖아. 1년만 열심히 해보자.'

그렇게 다시 결심했다. 처음 합격했다는 소리를 들었을 때 열심히 일해보자는 그 결심을 다시 더 굳건하게 굳혔다. 방송인의 자세가 어떠해야 하는지, 프로란 무엇인지 가르쳐주신 고려진 선생님에게 정말 감사한 마음이 들었다. ***

5. 홈쇼핑의 기틀을 다진 사람들

1기 쇼호스트들은 아무도 가지 않은 길을 새롭게 개척해간다는 심정으로 모두 열심히 공부하고 노력했다.

국내 처음으로 선보인 홈쇼핑 회사에 입사한 쇼호스트들은 초창기 시절 어떻게 상품을 소개하고 진행해야 하는지 아무도 몰랐다. HSTV(39쇼핑의 전신)에 입사한 우리 1기 쇼호스트들은 미국 QVC 홈쇼핑사의 방송 테이프를 모니터하며 이해되지도 않는 영어를 들으며 그들의 손짓과 입 모양, 그리고 분위기를 배웠다.

미국에서 1기 쇼호스트들을 교육하기 위해 온 쇼호스트 출신 PD가 있었다. 어떻게 쇼호스트가 상품을 소개해야 하는지, 상품을 어떻게 카메라를 향해 들어줘야 하는지 아주 기초적인 부분부터 교육했다. 물론 미국식이었다. 현재 한국 홈쇼핑 쇼호스트의 진행 방식과는 많이 달랐다.

홈쇼핑이 무엇인지, 쇼호스트가 무엇을 하는 사람인지 용어조차 낯설었던 그 시절, 우리 1기 쇼호스트들은 아무도 가지 않은 길을 새롭게 개척해간다는 심정으로 모두 열심히 공부하고 노력했다. 잘 이해되지 않는 미국 쇼호스트의 방송 테이프와 내가 방송한 테이프를 모니터하고 또 모니터했다. 한 상품당 5분씩 12~13개의 상품을 1시간 동안 소개했는데, 방송할 상품을 밤새 끌어안고 이리저리 살펴보고 사용해보면서 상품의 장점과 단점을 배우려 했다.

당시에는 나처럼 결혼한 친구도 있었지만 미혼인 사람도 많았다. 하지만 그런 것은 우리에게 아무런 문제가 되질 않았다. 밤이 깊어도 어느 한 사람 집에 갈 생각을 하지 않았고, 마치 고시를 준비하듯 아니 대학 입학시험을 며칠 눈앞에 둔 수험생처럼 초조하게 회사 쇼호스트 공부방(당시에는 실제 독서실처럼 꾸며놓았다.)에서 서로 상품에 대해 의논하고 공부하면서 쇼호스트 생활을 배워나갔다.

그 날도 어김없이 저녁 늦게까지 입사 동기들과 상품 공부를 하고 집으로 들어가려고 할 때였다. 나와 유일하게 동갑인 현애(그녀 역시 현재 인포머셜 홈쇼핑에서 잘 나가는 쇼호스트로 활약하고 있다.)가 나를 불렀다.

"난희야, 며칠 전에 네가 방송한 ○○상품 있지? 그 방송 테이프 혹시 가지고 있니?"

"응, 집에 가서 모니터하려고 지금 내가 갖고 있는데."

"그거, 급하지 않으면 내가 먼저 빌려 봐도 될까?"

"그래? 그럼 너부터 먼저 봐."

나는 현애에게 나의 방송 테이프를 주고 퇴근했다. 왠지 모니터를 하지 않으면 마음이 불안해서 그날도 대여해서 가지고 나가려던 참이었지만, 어차피 집에 지금 가지고 간들 시댁에서 밤늦게까지 모니터할 수 있을 것 같지 않았기 때문이다.

그리고 다음날 아침 일찍 출근했다. 그런데 현애가 그 이른 아침 시간에 벌써 출근해 있었다.

"어머, 현애야, 일찍 왔네?"

"응."

"너, 굉장히 피곤해 보인다? 너 안 잤니? 아니 어제 옷차림 그대로잖아?"

"어제 상품 공부하고 방송 테이프 모니터하다보니 새벽이 되어버린 거야. 집에 못 들어가고 회사에 있었더니 피곤하네. 잠깐 눈을 붙이긴 했는데."

난 깜짝 놀랐다. 모니터를 하다보니 시간가는 줄도 몰랐던 그녀. 그렇게 상품을 공부하고 모니터하며 밤을 새워버린 것이다. 그녀의 열정에 놀랐고 그녀의 부지런함과 집중력에 또 놀랐다. 그렇게 현애는 아주 열심히 쇼호스트 공부를 했다. 그녀는 다른 사람보다 방송 진행 경력이 없어서 남들보다 열심히 하는 거라고 겸손해했지만 아니, 그것은 그녀의 천성이었다. 난 그런 현애의 모습이 동갑내기 친구로서 정말 좋았고 자극을 받았으며 무엇을 배워나간다는 것은 저렇게 미쳐서 시간가는 줄 모르고 해야 하는 것이라는 것을 배웠다.

함께 방송하면서 자극이 되고 격려가 되는 동료가 있다는 것은 정말 행복한 일이다. 난 39쇼핑에서 함께 방송하면서 선의의 경쟁자로서 무슨 일이든 열심히 하는 현애를 보면서 멋진 동기, 멋진 동료를 두어서 참 행복하다고 느꼈다. 홈쇼핑의 역사를 만들어가던 그 시절, 우리는 모두 행복한 사람들이었다.

***

6. 프로는 자신의 가치를 스스로 결정한다

연봉협상에서 가장 중요한 것은 자신감이다. 평소 성실하게
노력한 사람은 자신 있게 연봉협상에 임할 수 있다.

쇼호스트 생활을 시작하면서 나는 지금까지 13번의 연봉계
약을 했다. 연봉계약을 할 때면 매번 연봉협상이라는 것을 하
게 되는데, 이 과정에서 금액으로 환산된 내 가치가 결정된다.
쇼호스트뿐만 아니라 스스로 프로라고 생각한다면 연봉협상을
소홀히 해서는 안 된다.

쇼호스트의 경우 대부분 1년마다 회사와 계약을 다시 하게
되는데, 회사에서는 지난 1년 간의 나의 실적과 평가를 계산해
등급을 매겨 일정 인상액을 정해놓고 받아들일 것인지 아닌지
를 물어본다.

사실 말이 연봉협상이지 그냥 계약서에 사인만 해야 하는
때가 더 많았다. HSTV(39쇼핑의 전신)에 입사했을 때 나는 처
음으로 연봉계약이라는 것을 경험했다. 그냥 회사 규정대로 월
급을 받는 것이 아니라 나에게 얼마를 원하느냐고 물었다. 그
때 '1억'이라는 겁 없는 금액을 제시했지만, 사장님의 말씀처

럼 그건 현실적으로 말도 안 되는 액수였다.

당시 나의 첫 연봉은 3천만 원이었다. 1991년 당시 2개의 홈쇼핑사가 있었는데 직원 개념으로 계약을 한 쇼호스트 중에는 1천 5백만 원을 받고 시작한 사람도 있었다. 거기에 비하면 난 처음 시작부터 상대적으로 높은 액수로 출발했던 것이 사실이다. 흔히 경력이 쌓여 연봉계약을 다시 할 때면 금액이 올라갈 거라고 생각하기 쉽지만 아주 조금 인상되거나 심지어는 똑같은 연봉이 2년 정도 유지되기도 한다. 내 경우는 그랬다.

연봉협상에서 가장 중요한 것은 자신감이다. 그런데 자신감은 평소 얼마나 성실하게 노력하고 공부했느냐에 달려있다. 여기서 동료와 스태프로부터 인정을 받는 것이 필수다. 그 누가 봐도 저 사람은 열심히 잘 했다는, 그리고 회사에 이익을 내었다는 평가를 받을 수 있도록 일을 해야 한다. 자기 혼자 자신에게 도취되어 아무도 인정해주지 않는 자기만의 능력을 과신해서는 안 된다. 연봉계약 때 중요한 것은 '그래, 당신은 열심히 했어!' 라고 주위로부터 인정받는 것이 먼저 바탕이 되어야 한다. 나 스스로를 평가하는 부분도 있어야 하지만 제3자가 인정해줄 때 힘을 얻을 수 있다.

그런데 나의 경험으로 미루어보면, 애석하게도 연봉계약을 할 때 마다 기대한 만큼의 연봉이 제시되는 법은 거의 없다. 대부분 '왜 이것밖에 인상해주지 않지? 내가 지난 1년 간 노력하

고 회사를 위해 열심히 일한 게 겨우 이 정도란 말인가?' 라고
실망하게 된다.

그렇다고 해서 무조건 실망만 해서는 안 된다. 너무 억울하
다고 생각되면 자신의 결과치와 자신이 노력했던 근거를 충분
히 회사에 제시할 수 있어야 한다. 감성적인 부분이 아니라 실
질적인 증거 자료가 있어야 한다. 그렇게 제시하고 요구하면
회사에서 인정해줄 부분은 다시 인정해주게 된다. 물론 그렇다
고 해서 모두 다 인정되는 것은 아니다. 하지만 다시 인상액이
조정되지 않는다 하더라도 자신의 생각과 의견을 정확하게 말
했을 때 더 이상의 미련이 없다.

자신의 의견을 충분히 말하고 난 후 계약을 할 것인지 말 것
인지 며칠 시간을 들이더라도 신중하게 심사숙고해야 한다. 그
런 다음 결정은 단호하게 내려야 한다. 그리고 결정을 내렸다
면 실행은 신속하게 해야 한다. 본인이 내린 결론에 대해서는
결코 후회하거나 미련을 보이거나 눈물을 보여서는 안 된다.

난 13번의 연봉계약을 하면서 절대 눈물을 보인 적이 없다.
비록 나의 연봉액이 동결되거나 깎이더라도 눈물을 보이지 않
았다. 내가 얼마나 회사를 위해 열심히 일했는지, 그리고 쇼호
스트를 하면서 어떠한 부분을 노력했는지 구체적으로 말씀드
렸다. 그러한 부분은 말하지 않으면 아무도 모르기 때문이다.
그리고 어떠한 결과를 보였는지 제시했고 그런데도 연봉 인상

이 기대에 못 미친다면 어떠한 부분이 서운한지를 분명히 말씀드렸다. 그런데도 불구하고 더 이상의 연봉 조정이 없다면 다음은 내가 한 발짝 물러서야 하는지 아니면 거기에서 끝내야 하는지를 결정해야 한다. 그리고 결정했다면 결정에 대해서 후회해서는 안 된다. 더 이상의 미련을 가지면 안 된다는 것이다.

나는 연봉계약을 할 때면 평소 모습과 달리 무척 강해 보인다는 말을 듣곤 한다. 내가 그렇게 강하고 당당할 수 있는 것은 스스로에게 자신이 있기 때문이다. 나는 오로지 나의 능력과 노력한 결과에 대해서 정당하고 떳떳한 인정을 받고 싶을 뿐이었다. ***

7. 껍질을 깨야 날 수 있다

스카우트 제의를 받는다고 무조건 회사를 옮기는 것은 아니다.
연봉의 많고 적음을 떠나서 앞으로의 비전을 보고 선택해야 한다.

쇼호스트 데뷔 후 지금까지 난 3번 회사를 옮겼다. 회사를 옮길 때 더 많은 돈을 주니까 돈 때문에 회사를 옮겼을 거라고 생각하는 사람들도 있다. 그런데 회사를 옮길 때 그 기준이 연봉이 되기도 하지만 꼭 높은 연봉을 주기 때문에 이직한 것은 아니었다. 옮겨갈 회사에서 내가 얼마나 성장할 수 있는지, 그리고 얼마나 나의 역량을 발휘할 수 있는지 등을 먼저 고려했다. 희망이 보인다면 오히려 연봉이 깎이는 것도 감수했다. 실제로 39쇼핑에서 LG홈쇼핑으로 옮겨갔을 때 나의 연봉은 오히려 조금 깎였다.

스카우트 제의를 받으면 그만큼 내 실력을 외부에서도 인정한다는 뜻이니까 일단 기분이 좋다. 그러나 스카우트 제의를 받는다고 해서 무조건 회사를 옮기는 것은 아니며, 연봉의 많고 적음을 떠나서 앞으로의 비전을 보고 선택해야 한다.

지금은 없어졌지만, 39쇼핑은 내가 쇼호스트로 처음 출발한 회사이기 때문에 남다른 애착이 가는 곳이다. 그곳에서 쇼호스트의 기초를 배웠고, 세상에 내 이름을 알리기 시작했다. 물론 항상 좋은 일만 있었던 것은 아니지만 말이다.

1998년 6월, 입사한지 만 3년만에 나는 39쇼핑에 사표를 냈다. 그해 3월 쇼호스트들의 연봉협상 거부 사건에 가담하면서 괘씸죄가 적용되어 연봉이 1년 전과 똑같이 동결된 상태였다. 그때 함께 행동을 하자고 했던 일부 쇼호스트들이 약속을 깨고 연봉계약을 몰래 해버리면서 우리들의 일은 회사에 알려졌고, 나는 우직하게 약속을 지키려고 연봉계약을 하지않고 버티다가 결국 두 달 간의 방송 정지와 함께 인상되었던 연봉이 다시 깎이는 상황이 된 것이다.

그 사건은 내게 충격이었다. 방송 정지를 받아서, 연봉이 동결되어서가 아니라 믿었던 사람들에게 배신당했다는 생각에 실망감이 컸다. 쇼호스트실 분위기도 흉흉했다. 내가 계속 일할 필요가 있을까 회의마저 들었다.

그 즈음 아직 세 살이 채 되지 않은 우리 쌍둥이 아이들을 봐주시던 도우미 아주머니가 개인 사정으로 그만두겠다고 하셨다. 출산을 하고 나서부터는 퇴근 후 도우미 아주머니를 집으로 보내고 내가 아이들을 돌봐야 했기 때문에 일하랴 쌍둥이 키우랴 너무나 힘들게 몇 년 간을 생활해오고 있었다. 이참에 휴식을 취하자고 생각했다.

사표를 내고 집에서 쉬면서 아이를 돌보기 시작했다. 도우미 아주머니 없이 나 혼자 살림하고 아이를 키웠다. 결혼과 출산 후 처음으로 온전히 가정에만 충실한 시간이었다. 쌍둥이만 두고 외출할 수 없어서 하루 종일 집밖으로 나가지도 못하고 꼼짝없이 아이들을 키우는 일에만 전념했다. 하지만 마음은 여전히 일에 가 있었다. 살림하고 아이들을 돌보는 동안 시간이 조금이라도 허락되면 홈쇼핑 방송을 시청했다.

그렇게 보는 홈쇼핑 방송은 남달랐다. 시청자 입장이 되어 방송을 보니 쇼호스트 입장에서 모니터할 때는 몰랐던 것들이 눈에 보이기 시작했다. 쇼호스트가 어떻게 멘트할 때 물건을 사고 싶은 마음이 드는지, 또는 어떤 멘트를 할 때 물건에 대해 흥미를 잃는지 알게 되었다. 그리고 쇼호스트 진행 방식이 천편일률이라는 것도 느꼈다.

그러던 어느 날, 39쇼핑에서 LG홈쇼핑으로 스카우트되어 간 L PD로부터 연락이 왔다.

"제가 저희 회사에 언니를 데려오면 좋겠다고 말씀드렸어요. 회사에서 좋다고 하네요. 어떠세요? 생각 있으시면 한번 만났으면 좋겠는데."

내가 워낙 좋아하고 친했던 L PD는 능력이 뛰어난 사람이었다. 그런 그녀의 제의라면 나도 좋았다.

"좋아. 만나자."

며칠 후 LG홈쇼핑 상무님을 만나는 자리가 만들어졌다. 이런저런 이야기를 나누면서 난 마음이 열렸다. L PD는 나와 함께 LG홈쇼핑에서 일하고 싶다고 했고 나 역시 그러고 싶다고 했다. 그렇게 LG홈쇼핑으로 옮기기로 마음을 정했다. 하지만 당장 계약을 하지는 않았다. 나는 좀더 쉬고 싶었기 때문이다.

"마음은 정해졌지만, 계약은 나중에 해도 될까요?"

"좋습니다. 그렇게 하시지요."

그렇게 나는 다시 살림하고 쌍둥이 키우면서 두 달째 휴식에 들어갔다. 그러던 중, 39쇼핑 사장님으로부터 전화가 왔다. 한번 만나고 싶으니 회사로 잠깐 나오라고 하셨다. 나는 사장실로 찾아갔다.

"유난희 씨, 사표를 접고 다시 일할 생각은 없습니까?"

"죄송합니다. 그럴 마음은 없습니다."

이미 사표를 냈던 나는 다시 39쇼핑으로 돌아갈 생각은 없었다. 지금은 그냥 쉬면서 아이들을 돌보는 일에 전념하고 싶다고 말씀드렸다.

그날 이후에도 39쇼핑 사장님으로부터 여러 차례 전화가 걸려왔다. 역시 다시 돌아오지 않겠냐는 것이었다. 그때마다 나는 39쇼핑에 대한 애정은 많지만 다시 돌아가고 싶은 생각은 없다고 완강하게 말씀드렸다. 그러나 사장님의 끈질긴 요청으로 결국 다시 독대를 하게 되었다.

"유난희 씨, 혹시 LG홈쇼핑으로 옮기려고 그러십니까?"

사장님은 단도직입적으로 물으셨다. 두 회사가 경쟁 관계에 있다보니 매우 민감한 사안이었다.

"당장은 아니지만 만약 다시 일을 하게 된다면 그렇게 될 것 같습니다."

나는 솔직하게 말씀드렸다. 그러자 사장님은 연봉 때문에 그런 거라면 그쪽에서 제시하는 액수에 무조건 1천만 원을 더 올려주겠다고 하셨다.

"사장님, 말씀은 고맙지만 연봉 때문에 그런 것이 아닙니다."

나는 지난 연봉협상 과정에서 빚어진 사건과 사람으로 인해 상처 받은 일을 말씀드렸다. 그리고 마음 편하게 일하고 싶다고 했다. L PD로부터 받은 제안과 LG홈쇼핑 상무님과 사장님을 만나 뵌 일도 말씀드렸다.

그렇게 말씀드리고 집으로 돌아왔지만 고민이 되었다. 이유야 어떻든 39쇼핑에 대한 나의 애정은 여전히 각별했기 때문이다. 옛정을 무시하고 경쟁사로 옮긴다는 것도 마음에 걸렸다. 그렇게 한 달을 고민했다. 머리가 복잡할 때는 이참에 아예 일을 포기하고 그냥 집안 살림하고 아이들만 키울까하는 생각도 들었다. 하지만 일을 포기할 수는 없었고, 결국 회사를 옮기는 쪽으로 마음을 정했다.

그리고 다시 한 달 뒤, LG홈쇼핑에서 전화가 왔다. 계약을 하고 출근 날짜를 잡자는 것이었다. 그런데 LG홈쇼핑에서 제시한 금액은 39쇼핑에서 받고 있던 연봉보다 적었다. LG홈쇼핑은 직원 개념으로 계약하기 때문에 기본 액수부터가 낮았던 것이다. 그나마 그것도 39쇼핑에서 받고 있는 나의 연봉을 감안해 그곳에서는 제일 많은 액수라고 말씀하셨다. 이미 연봉 액수와 상관없이 옮기기로 결정했기 때문에 계약을 했다.

9월부터 출근했다. LG홈쇼핑으로 옮겨와 보니 39쇼핑과는 너무 다른 분위기에 난 긴장했다. 39쇼핑이 가족 같은 분위기에 모든 의사소통 시스템이 빠르고 결재가 빠르다면 LG홈쇼핑은 조직이 커서 가족 같은 분위기가 덜하고 모든 의사전달에 시간이 걸렸다. 하지만 큰 회사답게 시스템이 차근차근 정립되어 있어서 배울 점이 많았다. 39쇼핑에서 쇼호스트가 무엇인지 아주 기본적인 것을 공부했다면, LG홈쇼핑에서는 전문적인 쇼호스트로서의 능력을 키워나가기 시작했다.

그렇게 직장에서 하나하나 새로 배우면서 바쁘게 방송하고 있던 어느 날, 충격적인 소식을 들었다. 39쇼핑 사장님의 자살 소식이었다. 뉴스에서는 사장님이 얼마 전에 보도된 '가짜 보석 판매' 사건 때문에 심리적 압박을 받고 있었다고 전했다. 회사에 대한 애정과 일에 대한 열정이 넘치셨던 사장님을 알고 있던 나는 자살이라니 믿을 수가 없었다. 너무 마음이 아프고 눈물이 났다. 회사를 옮기기 전 그렇게 만류하고 다시 돌아오라고 하셨던 것을 생각하니 죄책감마저 들었다.

그런 마음 상태로 계속 LG홈쇼핑에 남아 있을 자신이 없었다. 일주일 간 고민 끝에 그만둬야겠다고 생각했다. 사장님과 면담이 이뤄졌다.

"사장님, 저 그만두겠습니다."

사장님께 나의 복잡한 심경을 솔직히 말씀드렸다. 사장님은 무슨 뜻인지 아시겠다며 고개를 끄덕이셨다.

"유난희 씨, 이런 비유가 어떨지 모르겠지만 부모님의 반대를 무릅쓰고 결혼했던 남녀가 부모님이 돌아가셨다고 해서 죄책감 때문에 서로 사랑하는데도 헤어져서야 되겠습니까? 물론 유난희 씨에게 39쇼핑이 친정 같은 곳 이라는 것은 저도 잘 알고 있습니다. 하지만 LG홈쇼핑은 유난희 씨가 시집온 시댁 같은 곳이니 자꾸 친정 생각이 나고 정 붙이기 힘들더라도 조금 더 기다려보세요. 이렇게 정 붙이기도 전에 그만둔다고 하면 제가 서운하지 않겠습니까?"

무슨 말씀인지 이해가 되었다. 마음은 매우 슬프고 아팠지만 내가 회사를 그만두는 것이 고인의 뜻은 아닐 것이라는 생각도 들었다. LG홈쇼핑 사장님의 배려로 회사를 그만두는 대신 일주일 간 일을 쉬었다. 그리고 다시 회사로 돌아와 어느 때보다도 더 열심히 일했다. 내 선택에 후회가 없도록 최선을 다했다.

새는 알을 깨고 나와야 비로소 접었던 날개를 펼 수 있다. 알을 깨는 과정에서는 아픔도 있을 수 있다. 그러나 그 아픔을 견디고 나와야 보다 높은 곳으로 날아오를 수 있다. 39쇼핑에서 LG홈쇼핑으로 옮겨간 과정은 나를 둘러싼 또 하나의 껍질을 깨는 과정이었다. 날개를 펴고 더 높이 비상하기 위하여…. ***

8. 쇼호스트 최초 억대 연봉을 향하여

쇼호스트 경력 6년 만에 억대 연봉의 신화를 이룩했다. 나의 능력을 인정해준 주위 분들의 배려가 있었기에 가능한 일이었다.

LG홈쇼핑으로 옮겨오기 전 3개월의 휴식 기간은 쇼호스트가 어떻게 방송해야 하는지를 느끼게 해준 소중한 시간이었다. 다시 마음을 잡고 LG홈쇼핑에서 열심히 방송했다. 방송하는 스킬도 더 깊이 있게 배웠고 프레젠테이션 스킬도 더 세련되게 배워나갔다. 그렇게 하루하루 달라지는 나의 모습을 발견하는 것이 커다란 기쁨이었다.

바쁘게 1년이 지나갔다. 다시 연봉계약을 해야 했다. LG홈쇼핑에서 나는 4번의 연봉계약을 했다. 처음 옮길 때만 해도 후발주자였던 LG홈쇼핑은 3년 만에 매출 면에서 39쇼핑을 앞서기 시작했다. 쇼호스트의 연봉도 상대적으로 낮게 책정되어 있었지만 매출이 좋아지면서 능력 있는 쇼호스트들에게는 연봉을 많이 인상해주었다.

나 역시 처음엔 39쇼핑에서 받던 연봉보다 덜 받고 시작했지만, 1년을 넘기고 2번째 연봉계약 때는 능력을 인정받아 연봉이 인상되었다. 나의 평가점수는 A급이었다. 나는 인상된 연봉 금액이 적혀진 계약서를 보고 흡족한 마음으로 사인했다. 인상폭도 컸지만 무엇보다 내가 노력한 만큼의 가치를 인정받았다는 점이 좋았다.

그러나 항상 이렇게 흡족한 마음으로 사인을 한 것은 아니었다. 그 다음 해에는 기대했던 금액보다 예상 외로 적게 인상되어 실망하기도 했다. 그 때 1년 간의 나의 노력이 평가되지 않은 것 같아 서운한 마음에 계약서에 사인을 하지 않고 버텼다. 하지만 무조건 나의 욕심대로만 연봉을 요구하는 것도 무리라는 생각이 들어서 3일 후 사인했다.

2001년 봄, 나는 LG홈쇼핑에서 과장으로 일하면서 연봉계약직으로 4년차를 맞이하고 있었다. 다시 연봉계약을 해야 하는 시점이 되었다. 회사에서는 그동안 쇼호스트들의 불만을 많이 샀던 직원급제 연봉 대신 처음으로 정식 직원제, 연봉계약 직원제, 그리고 프리랜서제라는 세 가지 연봉계약 방법을 제시했다. 정식 직원제는 대리, 과장 등 승진을 해가면서 호봉이 올라가는 그야말로 직원 개념이었고, 연봉계약 직원제는 1년마다 실적에 따라 계약을 갱신하는데 실적이 부진하면 연봉이 동결될 수도 있었다. 정식 직원제와 연봉계약 직원제는 모두 직원처럼 보너스, 퇴직금, 그밖에 직원 복리후생 혜택을 받을 수 있었다. 그러나 프리랜서제는 그야말로 프리랜서였다. 실적이

좋으면 충분히 대우해주지만 실적이 없으면 하루아침에 해고
될 수 있는 부류였다. 물론 복리후생 혜택도 없었다. 쇼호스트
들은 세 가지 중 한 가지를 선택해야 했다.

나는 주저 없이 프리랜서를 선택했다. 쇼호스트 생활 6년차,
그리고 LG홈쇼핑에서 3년이 넘어가며 조금씩 다시 매너리즘
에 빠지는 것을 스스로 느꼈기 때문이다. 처음 시작할 때의 긴
장감은 서서히 없어졌고 조금씩 나태해져도 아무도 눈치채지
못했다. 한번 유난희가 잘 한다는 소문이 나자 가끔 실수를 해
도 모두들 이해해주고 넘어갔다. 그런 나의 모습이 싫었다.

후배들은 점점 늘어나는데, 나는 훌쩍 성장한 시점에서 더
성장하지 않고 그냥 머물러 있는 듯했다. 다시 노력하고 성장
해야 하는데…. 나에겐 긴장이 필요했다. 그런데 긴장이 생기
질 않는 것이었다.

'무슨 방법이 없을까? 나를 좀더 긴장시키고 채찍질하는 방
법이 없을까?'

방법을 모색하지 않으면 여기에서 도태될 것 같았다. 그런
데 방법이 나온 것이었다. 프리랜서로 계약을 하면 언제 해고
될지 모르니 잠시도 긴장을 늦추지 않게 될 것이다. 난 조금도
고민하지 않고 프리랜서를 하겠노라고 결정했다.

며칠 후 부사장님이 부르셨다.

"유난희 씨, 왜 프리랜서를 선택했어요?"

프리랜서를 선택한 쇼호스트는 나뿐이었던 것이다. 다른 쇼호스트들은 모두 안정된 정식 직원제나 연봉계약 직원제를 선택했는데 유독 나만 불안한 프리랜서를 선택한 것이 이해가 되지 않는다고 하셨다. 이유를 말씀드렸다. 하지만 부사장님은 내 이야기를 믿지 않으셨다. 내 진심을 의심하는 눈치였다. 혹시 다른 홈쇼핑사로부터 스카우트 제의를 받고 옮겨가기 위해 그러는 것이 아닌가 물어오셨다.

2001년 당시 추가로 3개 홈쇼핑사가 선정되어 발표된 상태였고, 부사장님은 쇼호스트들이 그곳으로 옮겨갈까 봐 경계하고 계셨던 것이다. 하지만 그때 나에게 스카우트 제의를 해온 홈쇼핑사는 없었다. 프리랜서를 선택한 것은 순전히 나 스스로를 다잡아보고자 결정한 일이었다. 그런데도 나의 순수한 의도는 전혀 이해되지 않았다.

그때부터 인사총무팀에 시달리기 시작했다. 인사팀장님의 호출이 있지 않으면 부사장님의 호출이 있었다. 회사에서는 나도 다른 쇼호스트들처럼 직원제를 선택하기를 원했고 난 프리랜서를 하겠다고 맞섰다. 팽팽한 싸움이 시작되었다. 다른 쇼호스트들은 직원제로 모두 계약을 마쳤는데, 나만 계약을 하지 못하고 있었다. 회사에서는 직원제를 선택하지 않으면 계약할 수 없다고 했고, 나 역시 프리랜서로 해주지 않으면 계약하지 않겠다고 버텼다. 심지어 아침 첫 방송을 하는 이른 시간에 인사팀장님이 스튜디오까지 오셔서 나를 설득하려고 하셨다. 하지만 나는 뜻을 굽히지 않았다. 회사의 조바심을 이해 못하는 바도 아니지만, 회사에서 먼저 선택하라고 해놓고 이제 와서 이런 식으로 나오는 것은 부당하다고 생각했다.

한 달 간 실랑이가 계속되자 난 프리랜서 계약이 어렵다는 것을 느꼈고 사표를 제출했다. 사장님이 이유를 물으셨다. 나는 그동안의 자초지종과 한 달 동안 계속 얘기했던 프리랜서 선택 이유를 다시 한번 말씀드렸다. 사장님은 만약 그런 이유라면 잠시 휴직을 하는 것이 어떻겠냐고 하셨다. 재충전하고 돌아올 때까지 기다리겠다고, 이번 기회에 유급휴가 제도를 만들어보겠다는 말씀까지 하셨다.

"말씀은 고맙지만, 사양하겠습니다. 일하지도 않으면서 월급을 받을 수는 없습니다. 그러면 열심히 일하는 다른 동료들에게 미안하잖아요. 그냥 사표를 내고 쉬면서 재충전해서 일하고 싶은 마음이 들 때 사장님이 다시 받아주시면 감사한 마음으로 돌아오겠습니다."

그런데 며칠 후 인사총무팀에서 프리랜서로 계약하자는 연락이 왔다. 계약서를 받고 보니 연봉이 상당히 많이 올라 있었다. 프리랜서는 그런 것이었다. 능력만 있다면 얼마든지 많이 받을 수 있다. 하지만 실력이 없으면 하루아침에 실직할 수 있는 것이기도 했다. 3개월 간의 줄다리기 끝에 난 계약서에 사인했다.

프리랜서 계약은 나에게 즉각적인 효과를 발휘했다. 이제부터 누구도 날 돌보고 챙겨주지 않는다고 생각하자 긴장되기 시작했다. 이제부터는 더 열심히 일해야 했다. 나는 능력으로 인정받는 프리랜서가 되기 위해 열심히 일했다.

그런데 한 달이 지나고 월급 통장을 확인한 나는 기가 막혔다. 프리랜서로 계약할 때 약속받은 금액이 들어와 있을 줄 알았는데, 통장에는 지난 달에 받던 월급 액수가 그대로 들어와 있는 것이 아닌가. 그것은 직원급제와 차이가 없었다. 인사총무팀으로 찾아가서 어찌된 일이냐고 물었다.

"부사장님의 결재가 아직 나지 않아서… 죄송합니다."

인사팀장님은 미리 알려드리지 못해서 미안하다고 했다. 부사장님이 완강히 반대하셔서 어쩔 수 없었다는 것이었다.

"계약서에 사인까지 했는데 그게 무슨 말씀이세요? 말도 안돼요."

부사장님을 직접 찾아뵈었다. 부사장님은 프리랜서 계약은 인정할 수 없으니 그냥 직원계약을 하라고 말씀하셨다. 난 그렇게 할 수 없다고 단호하게 말씀드렸다.

나는 또 다시 사표를 제출했다. 회사 뜻대로 직원계약을 할 생각이 없었고, 그렇다면 그만두는 것이 마땅했다. 하지만 사표 수리가 되지 않아 나는 계속 인사팀장님과 숨바꼭질을 해야 했다. 또 다시, 부사장님, 사장님과의 면담이 이어졌다. 회사와 줄다리기가 다시 시작된 한 달 동안 난 힘들었다. 완강히 프리랜서를 주장했지만 회사와의 의견 차이에는 끝이 보이지 않았다.

새로 생긴 모 홈쇼핑사로부터 스카우트 제의가 들어온 것은 바로 그 즈음이었다. 그러나 LG홈쇼핑과의 계약 문제 때문에 힘들고 지쳐 있던 터라 다른 홈쇼핑으로의 이직은 아예 생각할 여유가 없었다. 일단 LG홈쇼핑과의 문제부터 해결해야했다. 나는 스카우트 제의를 해온 홈쇼핑사에 건성으로 1억을 주시면 옮겨보겠노라고 말씀드렸다. 물론 옮기겠다는 생각으로 그 액수를 제시한 것이 아니었다. 4개월 간 계속되어 온 연봉협상 과정에 지쳐 있던 나는 1억이라는 연봉이 나에게 새로운 자극제가 될 수도 있겠다는 생각을 했던 것이다. 사실 LG홈쇼핑에서 받던 연봉도 적지 않던 터라 1억이라는 액수가 그렇게 터무니없는 숫자는 아니라고 생각했다. 하지만 그쪽에서는 다시 전화하겠노라고 하고 연락을 끊었다.

LG홈쇼핑에 제출한 사표는 결국 수리됐다. 휴식이 시작되고 얼마 후, 고창수 이사님으로부터 연락을 받았다. 고 이사님은 39쇼핑 시절 홍보팀 국장으로 계셨던 분으로, 당시 새로 생긴 우리홈쇼핑으로 자리를 옮기신 후였다.

고 이사님은 우리홈쇼핑으로 옮기는 게 어떻겠냐고 제안해

오셨다. 나는 바로 답변을 못하고 며칠 간의 시간을 얻어냈다. 주변의 몇몇 친구들과 상의를 해보았으나 하나같이 모험할 필요가 없다며 우리홈쇼핑의 이직을 반대했다. 친구들의 충고에 공감하면서도 고 이사님과 오랫동안 쌓아온 의리를 고려하지 않을 수 없었다. 39쇼핑 입사 때부터 항상 나에게 길잡이 역할을 해주신 분이었다. 고 이사님으로부터 다시 만나자는 연락이 왔다.

"내가 제안한 것 한번 생각해봤니?"

고 이사님께 나는 친구들과 상의했던 이야기들을 솔직하게 말씀드렸다. 항상 그러하시듯 고 이사님도 솔직하고 담담하게 말씀을 이어가셨다.

"우리홈쇼핑은 중소기업들이 투자하여 설립된 회사로 여러 면에서 어려움이 예상돼. 하지만 인지도 없는 회사에 와서 열심히 해 꽃을 피우는 것도 나쁘진 않을 거야."

고 이사님은 다윗과 골리앗의 싸움을 이야기하셨다. 새로운 자극이 필요했던 나에게 그 이야기가 큰 자극이 되었다. 더구나 고 이사님이라면 믿고 따를 수 있었다. 연봉 부분에 대해서도 고 이사님께 일임했다. 나에게 중요한 것은 연봉 액수가 아니었기 때문이다.

당시 우리홈쇼핑에서는 LG홈쇼핑에서 받는 액수보다 조금 인상된 8천만 원 정도를 제시했다. 그런데 고 이사님은 연봉에 연연하지 않는 나의 태도에 감동하셨는지, 오히려 우리홈쇼핑 임원들에게 '유난희 정도의 실력이라면 고액의 연봉을 주어도 전혀 아깝지 않다'며 설득해서 이적료와 함께 '1억'이라는 연봉을 이끌어주셨다.

마침내 우리홈쇼핑으로 옮기며 나는 '1억'이라는 고액연봉 계약서에 사인했다. 나의 능력을 인정받고 생각지도 않았던 고액 연봉까지 받게 되니 고맙고 기뻤다. 처음 홈쇼핑사에 입사할 때 겁 없이 '1억'이라고 적어넣었던 것이 생각났다. 결국 쇼호스트 경력 6년 만에 억대 연봉의 신화를 이룩한 것이다. 그 후로 나는 홈쇼핑 최초 억대 연봉 쇼호스트라는 스포트라이트를 받았고, 사람들이 나를 찾기 시작했다.

우리홈쇼핑에서 일하면서 나를 인정해준 분들과 내 자신에게 부끄럽지 않기 위해 최선을 다했다. 내 이름을 건 명품 방송을 진행했고, 많은 사람들이 나를 명품 전문 쇼호스트라고 기억하기 시작했다. 가장 기분 좋은 것은 시청자들의 신뢰를 받은 일이다.

"유난희 씨가 소개해주는 상품은 믿고 구입할 수 있어요."

쇼호스트에게 그보다 더 좋은 찬사는 없을 것이다. 연봉 때문이 아니라 시청자의 믿음이 나를 더욱 분발하게 만들기 때문이다.

9. 두려움이 없다면 눈물도 없다

10년 동안 쇼호스트 생활을 해오면서 터득한 진리는, 나의 행동이 바르고 일만 묵묵히 열심히 한다면 결국 모든 일은 바르게 돌아가게 된다는 사실이다.

일할 때 꼭 지키는 나만의 원칙이 있다. 먼저 직장 생활을 하면서 가장 중요하게 생각하는 것은 주위 사람을 배려하는 것이다. 그러기 위해서는 내 감정대로 표현하고 행동하는 것을 절제해야 한다. 내가 우울하다고 회사에서 다른 사람에게도 우울하게 대해서는 안 된다. 개인적인 일로 화가 나더라도 다른 사람에게 불쾌한 얼굴을 해서는 안 된다.

마찬가지로 회사에서 아무리 화나는 일이 있더라도 가정에서 그것을 폭발시켜서는 안 된다. 누가 시켜서 일하는 것도 아니고 내가 좋아서 하는 일이라면 나로 인해서 다른 사람에게 피해를 주어서는 안 된다고 생각한다.

난 성격상 아부를 하지 못한다. 강한 사람에게 강하고 약한 사람에게 약하다. 좋아하는 사람에게는 한없이 잘해주는데 싫어하는 사람에게는 아주 기본적인 예의만 갖추고 만다. 일하면서도 오히려 윗사람에게는 할말을 하는 스타일이고 아랫사람에게는 오히려 말을 가리고 신경써서 하는 편이다. 나는 일단 능력으로 인정받자는 주의다. 그러면 모든 면에서 당당할 수 있다. 도리에 맞지 않고 경우에 맞지 않는 사람이라면 난 그 사람이 실권을 가진 윗사람이라도 상대하지 않는다. 내가 해고되는 일이 있더라도 말이다. 나를 함부로 할 수 없을 정도의 실력을 쌓아놓으면 아주 큰 사고를 내지 않는 한 함부로 해고하지 못한다.

성격이 직선적이고 솔직하다보니, 더군다나 윗사람에게 아부하지 않고 할말을 하다보니 윗사람에게 난 무척 강하고 똑부러지는 사람으로 비춰졌다. 돌이켜보면 사회 생활 17년 동안 윗사람과 사이가 좋았던 경우보다 아랫사람들과 친했던 경우가 더 많았다.

난 여자라도 실력만 있으면 살아남을 수 있다고 생각하는 사람이다. 그리고 기본이 되어 있으면 어떤 경우라도 인정받는다고 생각했다. 홈쇼핑에서 일하면서 난 남들이 모르는 곳에서 열심히 공부하고 노력해서 방송을 준비했다. 실력을 하나하나 쌓아가면서 인정받기 시작했다. 그런 과정 속에서 오해도 많이 받았다.

남자들이 일 잘 하고 인정받으면 실력이 있어서 혹은 인간 관계가 좋아서라고 생각하는데 여자가 인정받으면 혹시 남자 상사들에게 잘 보여서 그럴 것이라고 오해받거나 아니면 성격이 독하다는 말을 듣기 십상이다. 이 얼마나 부당한 일인가.

난 회사에서 친한 사람들과의 꼭 필요한 회식 자리 아니면 되도록 참석하지 않았다. 밤 늦게까지 윗사람과 어울리는 자리는 더 일찍 자리에서 일어났다. 그럴 시간에 나의 가족을, 나의 아이들을 한번 더 챙기고 싶었다. 회사에서 인정받으려면 그런 회식 자리도 중요하겠지만 평소에 잘 하는 것이 더 중요하다고 생각했다.

일을 마치면 회사에 머무르기보다는 빨리 퇴근을 해서, 백화점이나 시장에 나가 시장조사하는 일이 많았다. 아이들을 낳고 나서는 더더욱 시간에 쫓겨 항상 바빴다. 내가 하는 쇼호스트 일 하나만 잘 하면 된다고 생각하고 일과 가정밖에 몰랐다. 그런데 내가 능력을 인정받고 그에 합당한 최고의 대우를 받자, 하나둘씩 나를 시기하는 사람들이 생겨났다. 그 가운데는 말도 안 되는 거짓말로 날 곤경에 빠뜨리는 경우도 있었다. 나를 아끼는 사람들이 그런 사실을 알려줄 때면 난 너무나 속상해 일을 그만두고 싶다는 생각도 했었다. 하지만 그러면 나만 억울할 것 같았다. 정말 일에만 미쳐 노력해서 얻은 결과인데, 그런 소문 하나에도 괴로워하고 일을 포기한다면 결국 나만 손해일 것 같았다.

모 홈쇼핑에서 근무하면서 쇼호스트 파트장을 맡았을 때였다. 내가 하는 일 중에는 쇼호스트를 방송에 캐스팅하는 일이 있었다. 주초까지 캐스팅해서 편성팀에 넘겨야했다. 난 고정 프로그램을 진행하는 사람을 먼저 배정하고 나머지 프로그램들은 제목을 보고 쇼호스트 별로 주로 진행하는 상품을 대략 맞춰 캐스팅했다.

그런데 내가 진행하는 방송 프로그램마다 목표를 달성하고 매출이 잘 나오자 이상한 소문이 돌았던 모양이다. 나는 그 소문에 대해서는 까맣게 모르고 있었는데, 어느 날 상무님이 부르셨다.

"유 과장에 대한 안 좋은 이야기가 있던데…."

"네? 그게 뭐죠?"

내가 쇼호스트 캐스팅을 하면서 나만 매출이 잘 나오는 좋은 시간대를 배정해 방송하고, 다른 쇼호스트는 매출이 좋지 않은 시간대를 배정했다는 것이다. 내 매출이 잘 나오는 까닭은 실력과 노력 때문이 아니라 나에게 유리하게 캐스팅을 했기 때문이라는 것이었다. 상무님은 그런 이야기를 몇몇 쇼호스트들에게서 듣고 사실을 확인해보려고 하셨다.

기가 막히고 억울한 이야기였다. 아니 상상도 못한 일이었다. 난 내 몫만 공부하고 준비하기에도 바쁜 사람이었다. 억울하다 못해 화가 났다. 그런 말도 안 되는 상상력을 발휘한 사람이 누구인지 그 상상력으로 방송을 위해 노력한다면 자기도 매출이 잘 나오지 않을까 생각했다.

"나는 유 과장을 믿어요. 그러니 그런 소문에 마음 아파하지 말아요."

"감사합니다, 상무님."

더 이상 그런 쓸데없고 불쾌한 오해를 받고 싶지 않았다. 그래서 당시 매출이 그다지 좋지 않았던 아침 첫 방송에 나 자신을 더 많이 캐스팅했다. 그러면 좋은 시간대에 들어간다는 소리는 안 할 것 같았다. 매출을 많이 내는 것보다는 내가 관심을 갖고 즐겁게 일하는 것이 더 좋으니까 아침 일찍 첫 방송을 하고 일찍 퇴근해 시장 조사나 해야겠다고 생각했다.

그런데 공교롭게도 내가 들어간 아침 방송의 매출이 높게 나왔다. 그러자 어이없게도 이번에는 방송 시간대가 문제가 아니라 상품이 좋아서 그런 것이라며 마치 내가 잔꾀를 써서 또 그렇게 된 것처럼 소문이 났다. 너무 화가 나고 속상했다. 내가 열심히 준비하고 노력했으니까 매출이 잘 나오는 것은 어찌 보면 당연한 결과였다. 사람들이 내 매출이 높게 나오는 것을 시기한다고 일부러 매출이 적게 나오도록 엉망으로 방송할 수는 없는 일 아닌가.

캐스팅 업무는 내가 원한 것이 아니었다. 직책상 어쩔 수 없이 주어진 임무였을 뿐이다. 차라리 그 시간에 방송 준비를 더 많이 하고 싶었다. 나는 캐스팅 업무를 몇몇 쇼호스트에게 직접 해보라고 했다. 그들은 며칠 캐스팅을 직접 해보더니 내게 그냥 다시 하라고 했다. 그러나 나는 더 이상 괜한 오해를 받으며 캐스팅을 하고 싶지 않았다. 그래서 동료 과장에게 캐스팅 업무를 넘겨버렸다.

내 할 일만 열심히 하기로 했다. 내가 어떤 시간에 어떤 상품을 진행하든지 내가 열심히 재미있게 방송하면 그것으로 난 만족했다. 그런데 내가 캐스팅을 하지 않아도 나의 매출은 잘 나왔다. 뒤에서 나를 모함하던 사람들도 더 이상 할말이 없어졌다. 캐스팅에 관한 말도 안 되는 이야기도 다시는 나오지 않았다.

쇼호스트라는 일은 경쟁이 많은 직업이다. 똑같은 상품을 가지고도 어떤 쇼호스트가 진행하면 매출이 1억 원이 나오는데, 어떤 쇼호스트가 진행하면 1억 5천만 원이 나오기도 한다. 그러니 MD들은 잘하는 쇼호스트를 찾게 된다. 그러다보면 같이 입사했더라도 능력에 따라 대우가 달라지고 연봉도 달라진다. 당연히 경쟁도 심해지고 캐스팅에 민감해지게 마련이다. 시기와 질투도 생긴다.

나는 후배들에게 매출에만 신경쓰다 보면 스트레스를 너무 많이 받아서 쇼호스트 생활을 오래하지 못한다고 이야기한다. 매출을 많이 올리겠다는 생각도 좋지만 그보다 더 중요한 것은 일단 내가 방송을 잘 하겠다는 생각, 재미있게 하겠다는 생각 그리고 순간순간 열심히 하겠다는 생각이다. 그렇게 결과보다 방송을 준비하고 노력하는 과정에 열심히 에너지를 쏟다보면, 남이 하는 방송의 매출이 얼마인가 신경쓰는 것보다 내가 하는 방송에 더 충실하다보면, 언젠가 주위로부터 인정받는 순간이 오게 된다.

방송이라는 매체는 참 말이 많은 곳이다. 그런 곳에서 지금까지 10년 동안 쇼호스트 생활을 해오면서 내가 터득한 진리는 나의 행동이 바르고 나의 일만 묵묵히 열심히 한다면 결국 모든 일은 바르게 돌아가게 된다는 사실이다.

성공한 사람에게는 시기와 질투가 따르기 마련인가 보다. 때론 억울할 정도의 모함을 받는 경우도 있다. 그러나 그런 것들이 일에 대한 나의 열정과 의지를 꺾지는 못한다. 때론 너무 속상해 울고 싶은 적도 있었지만, 난 절대 남 앞에서 눈물을 흘리지 않았다. ***

10. 성공하는 여성의 다섯 가지 원칙

성공하는 여성들에게는 남다른 점이 있다. 그것은 바로 열정과
노력이다.

이 장을 마무리하면서 성공하는 여성들의 자세는 어떻게 다른지 정리하고자 한다. 지금 성공을 향해 열심히 달리고 있는 여성들에게 조금이나 도움이 됐으면 좋겠다.

첫째, 끝났다고 생각했을 때 다시 시작하라.
나는 방송사 시험에서 22번 떨어졌다고 해서 꿈을 버리지는 않았다. 다른 사람들이 보면 무모해 보이고 다른 길을 찾는 것이 낫다고 생각할지 몰라도, 나는 언젠가 기회가 올 것이라고 항상 믿었다. 기회는 준비된 자에게 오는 것이라고 생각했기 때문에 모든 가능성이 사라져버린 이후에도 공부하고 스스로를 관리하는 일을 게을리하지 않았다.
현실의 벽이 아무리 두터워도 끝났다고 생각하지 말자. 특히 여성의 경우, 결혼을 하거나 아이를 낳게 되면 더 이상 일을 할 수 없을 것이라고 단정 짓게 되는 경우가 많다. 그러나 그렇

지 않다. 물론 아이를 키우는 주부들은 미혼이나 아이가 없는 기혼 여성에 비해 어렵고 힘든 것이 사실이지만, 어려운 가운데 맛보는 성취의 열매는 더없이 달다. 22번의 낙방 후 합격했을 때의 기분은 22번 합격한 기분에 비할 바가 아니었다.

둘째, 하고 있는 일을 철저히 사랑하라.

자기가 하고 있는 일을 철저히 사랑하는 사람은 어떤 일을 하든지 최선을 다한다. 최선을 다해서 일을 하듯 최선을 다해 가정을 돌보고, 사람과의 관계에 있어서도 최선을 다하며 어떤 상황이 닥쳐도 최선을 다해 헤쳐나가야 한다. 만약에 자기가 하고 있는 일을 사랑하지 않는 사람이라면, 어떤 일을 하든지 의욕 없이 대충 할 것이며 좋은 성과를 기대하기도 힘들 것이다.

내가 정말 힘들지 않아서 불평하지 않았던 것이 아니다. 쌍둥이 키우랴 방송하랴 공부하랴 몸도 마음도 지칠대로 지쳤지만 내가 하고 싶은 일, 내가 사랑하는 일이기에 놓치고 싶지 않았다. 그래서 나는 이를 악물고 더 열심히 일했다.

셋째, 현실에 안주하지 마라.

어느 정도 안정권에 접어들었을 때 초심을 잃어서는 안 된다. 나는 주위 사람으로부터 스스로를 힘들게 만드는 데 특별한 재능이 있는 괴물이라는 이야기를 듣는다. 남들처럼 안정된 자리와 고액의 연봉에 안주하기보다는 늘 새로운 모험에 도전하기 때문이다.

성공하는 사람들의 공통점은 현실 안주를 택하기보다는 미래의 기회를 택하고, 꿈을 실천하고 건설하기 위해서 어려운 시기도 참고 이겨내는 사람들이다. 어떤 상황에서도 실패를 두려워하지 말고 곧 기회가 다가올 것을 믿고 나아간다면 기회를 자신의 것으로 붙잡을 수 있다.

넷째, 대인관계에서 신뢰를 쌓아라.

지금의 내가 있기까지 나는 많은 분들의 도움을 받았다. 그분들이 나에게 힘이 되고 도움이 될 수 있었던 것은 무엇보다도 일에 대한 나의 열정이 그대로 묻어나면서 그들에게 신뢰를 주었기 때문이라고 생각한다. 어떤 일을 맡겨도 분명히 잘 해낼 거라는 믿음만 있다면 최고의 조건, 최고의 대우가 아깝지 않은 법이다.

누구나 사회 생활을 하면서 많은 사람들을 만나게 되지만 결국은 본인이 어떻게 처신하고 얼마나 열심히 해서 인정을 받느냐에 따라 사람을 가장 소중한 인생의 재산으로 만들 수 있다.

다섯째, 진정한 프로가 되어라.

프로는 자신과 자신을 둘러싼 환경을 수시로 점검하고 조정할 줄 아는 사람이다. 어떤 낯선 일이 맡겨지더라도, 자신의 스타일에 맞게 변형시킬 줄 알고 빠른 속도로 업무의 본질에 접근해간다.

항상 할 수 있다는 자신감과 긍정적인 가치관을 가지고 뒤를 돌아보거나 후회할 일은 하지 않는다. 자신의 자존심을 세우기보다는 하고 있는 일이 끝나면 또 어떤 일을 시작할까 진취적인 사고를 하며 일에서 재미를 찾는 사람이다. 자기가 하고 있는 일을 사랑하고 더 나은 삶을 위해 노력하는 진정한 프로가 되길 바란다. ***

Part_3

결혼, 끝이 아니라 시작이다!

결혼한 직장여성이 일과 가정에서 모두 성공하려면
어쩔 수 없이 독종이 되어야 한다.
그러나 그들은 세상에서 가장 아름다운 독종이다.

– 본문 중에서

1. 일과 가정, 결혼한 직장여성의 영원한 화두

결혼한 직장여성이 일과 가정에서 모두 성공하려면 어쩔 수 없이 독종이 되어야 한다.

결혼한 직장여성에게 일과 가정은 늘 화두가 되는 문제다. 어떻게 하면 일을 하면서 육아 문제도 잘 병행할 수 있을까? 일과 육아, 둘 중 어느 것도 쉽지 않다. 본인이 얼마나 일에 애정을 갖고 있는지 바로 이 시기에 판가름난다. 나는 일할 때 큰 행복을 느꼈기 때문에 '상황에 따라서' 일을 그만두겠다는 생각은 하지 않았다. 마음가짐부터 철저해야 업무 역시 철저하게 해낼 수 있다고 생각했다.

가족은 내가 일하는 것을 싫어했고, 그럴수록 나는 더 독하게 일했다. 사람들은 나에게 꼭 그렇게까지 해야 하냐고 묻기도 했다. 하지만 하고 싶고 좋아하는 일을 하기 위해서는 개인적인 희생이 필요했다.

여자가 직장 생활을 잘 하기는 참 어렵다. 특히 결혼해서 아이가 있는 여성의 직장 생활은 그야말로 전쟁터나 마찬가지다. 결혼한 직장여성들의 가장 큰 고민거리는 역시 육아 문제다.

어렵게 얻은 직장을 아이 때문에 포기하기도 하고 일을 하더라도 육아 문제로 인해 능률이 많이 떨어지기도 한다.

아마 아직 결혼하지 않은 여성들은 이런 이야기에 쉽게 공감할 수 없을 것이다. 나 역시 결혼하고 아이를 낳기 전까지 선배들 이야기에 단 1%의 공감도 하지 못했다. 그런데 막상 결혼하고 아이를 낳아 키워보니 아이를 둔 직장여성들의 가장 큰 고민은 육아와 일을 병행하는 것임을 알게 되었다.

하지만 난 회사에서 아이 핑계 를 대지는 않는다. 내가 좋아서 일하러 나온 것인데 아이가 어쩌고, 남편이 어쩌고 핑계를 대면서 일하면 차라리 가정에서 가족들을 보살피는 것이 낫다고 생각하기 때문이다. 또 그런 말을 한다고 나를 이해해줄 사람은 없다. 가정사를 핑계대면 '그래서 결혼한 여자는 안 된다.'라는 소리나 듣기 십상이다. 그래서 난 아이들 첫 소풍갈 때도, 첫 운동회할 때도, 학교 소집일에도 따라가지 않았다. 방송을 미리 뺄 수도 있었지만 일부러 부탁하지는 않았다.

집에서도 회사에서 일어난 힘든 일들을 이야기하지 않는다. 어차피 내가 좋아서 하는 일인데 뭐가 힘들다, 무엇이 마음에 안 든다고 불평해봐야 남편이 이해해줄 리 만무하기 때문이다. 오히려 그러면 '회사 그만두면 되잖아.' 하는 소리를 듣게 되니까 말이다.

결혼한 여자가 직장에서 일을 잘 하고 인정받으려면, 그리고 가정에서 별 탈 없이 일할 수 있게 지원받으려면 자신의 감정을 정말 많이 숨기고 속으로 삭여야 한다. 난 그랬다. 집에서 아무리 우울한 일이 있어도 회사에 나오면 밝게 인사하고 즐겁게 일했으며 회사에서 아무리 힘들고 괴로워도 집에서는 신나게 가족들과 이야기했다.

회사에서 날 보는 사람들은 내가 1년 내내 걱정도 없고 항상 행복한 사람이라고 말하기도 한다. 난 그런 소리를 들을 때마다 "그래요?"라고 웃어넘겼다. 나의 속마음을 누가 알겠는가. 내가 가정에 이런저런 우환이 있다고 말한들 누가 이해해주겠는가.

결혼한 직장여성이 일과 가정에서 모두 성공하려면 어쩔 수 없이 독종이 되어야 한다. 그러나 그들은 세상에서 가장 아름다운 독종이다. 그녀들은 일도 가정도 그 누구보다 사랑하고, 사랑을 위해서 자신을 희생할 줄 아는 사람이니까 말이다. 오늘도 바쁘게 집에서 직장으로, 직장에서 집으로 뛰어다니며 고군분투하고 있는 여성들에게 존경과 찬사를 보낸다. ***

2. 배가 남산만큼 부른 쇼호스트

'이래서 여자는 안 된다니까.'라는 소리는 듣고 싶지 않았다.
나는 정말 독하게 방송했다.

결혼하고 1년 반 뒤인 39쇼핑 시절에 나는 아이를 가졌다. 그것도 쌍둥이를 임신하는 바람에 초기부터 힘들었다. 임신을 하면 그냥 며칠 간의 입덧 기간을 거치고 10개월만 불편함을 참으면 아이를 낳을 수 있을 줄 알았다. 오히려 입덧을 남편에게 적당히 유세를 부릴 수 있게 하는 소소한 행복이라고 생각하고 있었던 것이다. 철이 없어도 너무 없었다. 한겨울에 맛있는 딸기를 먹는 호사를 누리는 것은 텔레비전 드라마에서나 가능한 일이었다.

나는 출산 직전까지 입덧을 했다. 임신 6주째부터 입덧을 시작하더니 아무것도 못 먹고 냄새도 못 맡고 계속 구토만 했다. 결국은 심한 입덧 때문에 한 달간 방송을 쉬어야 했다. 아침에 눈을 떠 몸을 일으키기만 해도 토해버렸기 때문에 직장에 나간다는 것은 불가능한 일이었다. 더구나 그런 몸으로 방송이라니.

쉬면 괜찮아질 줄 알았지만 마찬가지였다. 그래도 입덧이 조금 약해지는 것 같아 한 달을 쉰 후 다시 방송을 시작했고 시어머님은 그런 날 매우 못마땅해하셨다.

입덧의 가장 큰 문제는 먹지 못하는 것이었다. 먹으면 토해버렸기 때문에 난 부족한 영양분을 병원 영양제 주사로 섭취해야 했다. 게다가 배는 왜 그렇게 빨리 불러오던지. 다른 임산부들을 보면 임신을 해도 약간 넉넉한 옷을 입으면 배가 가려지는데 나는 쌍둥이를 임신한 덕에 임신 4개월인데도 8개월처럼 배가 불렀다. 6개월이 넘어서는 방송할 때 코디가 빌려온 의상이 아예 맞질 않았다. 88사이즈를 입고도 바지 지퍼를 채울 수 없었고 단추도 잠글 수 없었다. 방송할 때마다 코디는 나에게 미안해했고 난 오히려 코디에게 미안해했다.

서서 방송하는 날이면 다리 핏줄이 터졌다. 하지만 난 방송 스케줄에 대해서 제작팀장님에게 별다른 부탁을 하지 않았다. 캐스팅되는 대로 모두 했다. '이래서 여자는 안 된다니까.' 라는 소리를 듣고 싶지 않았기 때문이다. 나는 정말 독하게 방송했다.

식품이나 주방용품 방송에 캐스팅되면 음식 냄새 때문에 괴로웠지만 바꿔달라고 하지 않았다. 그냥 모두 감당했다. 식품 방송 중 다행히 한 번도 토하지는 않았지만, 방송이 끝나자마자 화장실에 가서 구토를 하는 날도 있었다. 그 사실을 아무에게도 말하지 않았다.

종종 새벽 2시경에야 방송이 끝나기도 했다. 그래도 불평 한 마디 하지 않았다. 임신한 여자가 새벽 3시가 다 되어서 자동차를 몰고 집으로 돌아오는 걸 어느 누가 좋아할까만은 시어머님은 더더욱 날 못마땅해하셨다. 그렇지 않아도 일하는 것을 무척 싫어하셨으니까.

어느 날, 밤 12시 방송을 위해 쇼호스트실에서 준비하고 있었다. 회사를 둘러보러 나오셨던 사장님께서 나를 발견하고 안부를 물으셨다.

"배가 많이 부른데 이렇게 늦은 밤에 방송해도 괜찮으시겠어요?"

"네, 괜찮습니다."

"불편하면 조정해드릴까요? 우리 집사람이 임신했을 때 보니까 많이 힘들어 하던데."

난 괜찮다고, 그러지 않으셔도 된다고 말씀드렸다.

그렇게 3개월 간의 출산 휴가를 받을 때까지 다른 쇼호스트들과 똑같이 방송했다. 다만 배가 점점 불러오면서 옷이 맞질 않아 패션 상품에서 캐스팅이 제외된 것 외에는 새벽과 밤을 가리지 않고 방송했다.

시장 조사도 게을리하지 않았다. 일주일에 3번은 부른 배를 안고 시장과 백화점에 나가 시장 조사를 했다. 7개월이 넘어가면서부터는 만삭만큼 배가 불러올라 많이 힘들었다. 조금만 걸어다녀도 다리가 붓고 아랫배가 당기며 숨이 차올라 20분 걷고, 10분을 의자에 앉아 쉰 다음 다시 일어나 시장 조사를 해야 했다.

그땐 아이가 빨리 나왔으면 했다. 워낙 배가 많이 불러 몸이 너무 힘들었기 때문에 아이가 빨리 나와서 가뿐한 몸으로 임신 기간 내내 먹지 못했던 음식들도 먹고 여기저기 시장 조사도 더 많이 하며 돌아다니고 싶었다. 하지만 아이들은 쌍둥이 임신 기간인 9개월을 모두 채우고서야 세상으로 나왔다.

"그래도 뱃속에 있을 때가 가장 편하다."

친정어머니는 너무 힘들어서 빨리 아기가 나왔으면 하는 나에게 그런 말씀을 하셨다. 그 말씀이 옳았다. 쌍둥이를 출산하고 나니 나의 생활은 더 힘들어졌으니까.

임신 기간 중에는 이 기간만 지나면 모든 것이 본궤도를 찾고 임신 전과 같은 상황이 될 것이라고 기대하게 된다. 하지만 어려운 임신 기간을 보내고 막상 아이를 출산하고 나면 더욱 일에 집중하기가 힘들어진다. 나의 경우도 그랬다. 더구나 아이를 하나도 아닌 둘을 낳았으니 오죽했으랴. 직장과 육아, 가정 일을 병행하느라 몸이 열 개라도 모자랄 형편이었다.

산 넘어 산이라고 했던가. 방송국에서 일만 할 수 있으면 모든 인생이 순탄하리라 생각했지만, 삶의 중간 중간에는 많은 복병들이 기다리고 있었다. 왜 많은 여자들이 육아 문제로 직장을 그만두는지 뼈저리게 동감할 수 있었다.

그렇다고 나도 그들의 전철을 밟을 수는 없었다. 어떡하든지 나는 육아와 직장, 가정을 잘 꾸려나가고자 이를 악물었다. ***

3. 어머님, 이해해주세요

시어머님이 가장 싫어하시는 일을 하기 위해서는, 일을 제외한 나머지 것들을 모두 잘해내서 인정을 받아야 했다.

남편은 위로 누나가 넷이 있는, 귀하게 자란 외동아들이다. 시누이들은 모두 결혼 이후 살림만 하면서 남편 뒷바라지하고 아이를 키우는 가정주부다. 나 같은 딸을 키워본 적이 없으신 시어머님께 남편은 결혼하면 내가 일을 그만둘 것이라고 말했다고 한다. 시어머님께서는 그저 아들 뒷바라지 잘하고 아이 낳아 살림 잘 하는 현모양처 감 며느리를 찾으셨기 때문이었다. 그런데 일하는 며느리라니, 결코 반가우셨을 리가 없었다.

시아버님이 돌아가셔서 어머님 홀로 계셨기 때문에 결혼하고 시댁으로 들어가서 살았다. 남편은 그때 레지던트 시절인지라 3일에 한 번 꼴로 집에 들어왔다. 그러니 신혼 초에 시어머님과 단 둘이 있는 시간이 많았다.

그때 나의 방송 횟수는 일주일에 10개에서 15개나 되었다. 그래서 밤낮없이 일해도 모자랐다. 새벽 3~4시에 출근하는 날도 있었고 새벽 2시가 넘은 시간에 퇴근하는 날도 많았다. 그런 날은 다음날 늦잠을 자는 것은 물론이었다. 남편 밥상은커녕 시어머님 밥상도 못 차려드리고 자고 있는 며느리를 어느 시어머님이 예뻐하시겠는가.

"어머님이 저렇게까지 싫어하시는데 한번 생각이라도 해보지 그래?"

남편도 어머님의 마음을 알았는지 나에게 은근히 일을 그만둘 것을 종용하곤 했다. 하지만 그럴 수 없었다. 공중파 방송은 아니었지만 수십 번의 아나운서 시험에 떨어지고 어렵게 들어가게 된 방송사였다.

"내가 이 일을 얼마나 좋아하는지 당신 몰라서 그러는 거예요? 나를 도와서 어머님을 같이 설득해야 하는 것 아니예요?"

내 마음을 몰라주는 남편이 원망스러워 나도 모르게 가시 돋친 말투로 목소리를 높이기도 했다. 남편은 내 일을 인정해 주기는 했지만 내가 이렇게 힘든 상황에서도 일을 놓지 못하는 것을 이해하지는 못했다.

일을 마치고 집으로 들어가는 발걸음은 항상 무거웠다. 나를 못마땅해하시는 시어머님의 마음을 모르는 바가 아니기 때문이었다. 게다가 남편은 며칠에 한 번 들어오니 시어머님과 단 둘이서 독대라도 하게 되면 어색하기가 이루 말할 수 없었다. 애교라고는 없는 성격인지라 더욱 힘들었다.

설상가상으로 시어머님은 서른 살이라는 적지 않은 나이에 결혼한 내가 빨리 아이 갖기를 바라셨다. 일부러 피임을 한 것은 아니었지만 결혼하고 1년 반이 지나도록 나는 임신이 되지 않았다. 어머님은 내가 일을 하기 위해서 일부러 아이를 갖지 않는 것이 아닐까 의심하셨지만, 하늘을 봐야 별을 따는 것이 아닌가. 3일에 한 번 들어오는 남편, 게다가 남편이 밤에 들어와도 내가 일하러 나가야 하는 날이 많으니. 어쨌든 그런 모든 일들이 어머님이 보시기에는 모두 내가 일을 하기 때문에 비롯된 것이었다.

시어머님 눈치를 보는 날이 많아졌다. 마음이 불편하니 나는 급기야 신경성 위경련이 오고 말았다. 시댁에서 신혼을 맞았기 때문에 결혼하고 나서는 한 번도 친구들을 집으로 초대할 수가 없었다. 그래서 일요일에 쉬는 날이면 친구들을 만나러 남편과 함께 나가곤 했는데, 그럴라치면 시어머님은 다음날 남편이 일찍 출근해야 하니 너무 늦지 말라고 몇 번이고 당부하셨다. 그러면 친구 집에서 놀면서도 난 시계만 쳐다보게 되었다. 늦게 들어가면 안 된다는 생각에 시계만 보다가 전화벨이라도 울리면 시어머님이 전화하신 것 같아 가슴이 쿵쾅거렸다. 시어머니께 혼날 것 같았다. 그러다 위경련이 왔다. 신경성 위경련이었다.

시어머님은 내게 말씀하셨다.

"애야, 내가 너한테 불만은 없다. 그저 직장 나가는 것만 그만두어라. 그러면 너도 편하고 나도 좋지 않겠니? 몸까지 버려 가면서 일을 꼭 해야겠니? 그렇게 바쁘게 돌아다녀서야 어디 애가 들어서겠냐?"

시어머님과의 불편한 관계가 계속 심해지면서 나도 차라리 일을 그만두고 맘 편히 지내고 싶었다. 하지만 나는 고개를 푹 숙이고 시어머니께 말씀드렸다.

"어머님, 저는 일만 계속 할 수 있다면 아무것도 필요하지 않아요. 제가 일을 그만두게 되면 아마 더 아플지 몰라요. 제발 저를 이해해주세요."

시어머니와 나, 두 여자의 의견은 절대 만날 수 없는 평행선이었다. 시어머님은 내가 일을 그만두고 살림만 하기를 원하시는데 난 일을 하고 싶었다. 오랜 생각 끝에 나는 시어머님이 가장 싫어하시는 일을 하기 위해서는 일을 제외한 나머지 것들을 모두 잘 해내야겠다는 생각을 하게 되었다. 우선 시어머님의 인정을 받는 것이 급선무였다.

일단 일과 관련한 시간 외에는 항상 시어머님과 함께 하려고 했다. 사실 알콩달콩한 신혼 시절이 없어서 남편과 둘이 있는 시간을 즐기고 싶기도 했지만 일하는 며느리를 못마땅해하시는 어머님을 혼자 두고 남편과 단 둘이서 외출하면 더 예뻐 보일 리 없을 것 같았다. 그래서 난 모든 것을 시어머님과 함께 하려고 했다. 영화를 보러갈 때도 외식할 때도 꼭 시어머님을 모시고 함께 나갔다. 시어머님도 좋아하셨다.

시어머님께 내 일의 중요성과 일에 대한 열정을 보여드리는 것보다는, 우선 가정에 충실한 모습을 먼저 보여드려야 한다는 것을 나는 뒤늦게 깨달았다. 내가 가정을 일보다 훨씬 소중하게 생각하고 있다는 것, 내 일을 통해서 가정에 어떤 기여를 할 수 있는지 이런 것들을 시어머님께 먼저 인정받고 난 이후에야 일에 대한 나의 열정도 인정받을 수 있을 것 같았다.

성격상 난 일을 시작하면 완벽하게 해내는 스타일이다. 그러다보니 가끔씩 내가 집안일하는 모습을 본 시어머님은 나의 그런 모습을 잘 봐주셨다. 비록 애교는 없지만 일 하나는 완벽하게 해내는 아이라는 것을 알게 되셨다.

제사 지내는 것과 명절 치르는 일은 역시 만만한 일이 아니었다. 시어머님 혼자 계시고 딸들은 결혼해 출가했으니 외며느리인 내가 없으면 시어머님이 혼자 다 하셔야 하기 때문에 방송을 핑계로 나 몰라라 할 수는 없었다.

그렇다고 집안일 핑계로 방송을 빼지도 않았다. 캐스팅을 하는 분께 부탁드려 명절 전날 아침 일찍, 명절 당일에는 밤늦게 방송에 넣어달라고 했다. 방송이 끝나자마자 집에 와서 어머님과 함께 제사 음식, 명절 음식을 만들고 다음날 아침 제사나 차례를 지내고 손님이 모두 돌아가시고 나면 방송을 하기 위해 피곤한 몸을 이끌고 회사로 갔다.

이런 날 보고 친구는 독하다고 했다. 왜 그렇게 힘들게 사냐고. 그렇게 결혼하고 일하면서 10년 넘게 명절과 시아버님 제사를 치러오면서 난 일 핑계로 집안일에 빠지는 일은 하지 않았다. 더 이상 일을 그만두라는 말씀을 듣고 싶지 않았기 때문이다.

결혼하고 1년 반이 지났을 때 레지던트였던 남편은 전문의 자격증을 땄다. 그때 남편이 먼저 분가 이야기를 꺼냈다. 자기도 나름대로 어머님 눈치 보랴, 아내 눈치 보랴 중간에서 이러지도 저러지도 못하고 마음 고생이 심했던 모양이었다. 나는 어떻게든 시어머님을 끝까지 모시고 살 각오가 이미 되어있었지만 남편이 더 힘들어했다. 게다가 일산에 있는 종합병원으로 가기로 마음을 먹었던 터라 출퇴근이 쉬운 가까운 거리로 가고 싶다고 했다.

나는 말렸지만 결국 남편은 시어머님께 분가를 하겠다고 했다. 내가 분가하자고 말한 것처럼 보일 것 같아 난 한마디 말도 할 수 없었다. 시어머님은 한참 동안 말씀을 안 하셨다. 아마 충격이 크셨던 모양이다. 서먹서먹한 분위기가 집안을 감돌았다. 며칠 후 시어머님은 결국 분가를 허락하셨다. 난 반가운 마음보다 마치 못할 짓을 하는 것 같아 마음이 더욱 무거웠다.

남편의 병원 출근일이 정해졌고 우리도 일산에 집을 알아보고 계약을 했다. 분가 전 날 밤, 시어머님은 우릴 불러놓고 말

쓰하셨다.

"너희들이 분가를 한다니 말리지는 않겠다. 나도 너희랑 사는 1년 반 동안 많이 힘들었다. 이렇게 분가하면 곧 아이도 생길 텐데 그 아이들이 다 크고 나면 그때 같이 살자꾸나."

분가하고 나서 우리는 주말에는 꼭 시어머님을 찾아뵈었다. 그리고 분가를 하자마자 어머님이 그렇게도 바라시던 임신을 하게 되었다. 시어머님은 내가 임신을 하게 되면 힘들어서라도 일을 그만둘 줄 아셨다고 한다. 그런데 부른 배를 하고서 밤늦도록 운전을 하고 역시 방송하러 회사에 가는 며느리를 보고 혀를 내두르셨다. 출산 후에도 억척같이 쌍둥이를 보면서 일하고 그러면서 한마디 힘들단 이야기를 하지 않으니까 내심 놀라셨다고 한다. '쟤가 정말 일하는 것을 좋아하나보다.' 하고 조금은 이해하려고 하셨다고 한다.

분가를 하고 나니 시어머님과 함께 살 때 더 잘 해드리지 못한 것이 마음에 걸렸다. 신혼 초부터 독립해서 알콩달콩 깨소금 냄새 나는 친구들을 보면 무척 부러웠는데 막상 분가를 하고보니 시어머님이 더 생각났다. 몸은 편해졌지만 마음은 오히려 불편해졌다.

아이를 낳아 키우면서 점점 시어머님의 마음을 이해하게 되었다. 서운함이나 아쉬움도 없어졌다. 외아들에 대한 시어머님의 관심이 지나치다고 생각했는데 내가 아들을 낳고보니 그게 아니었다. 시어머님의 관심은 지나친 것이 아니라 당연하다고 생각되었다.

쇼호스트로 인정받고 나서, 시어머님은 드디어 날 인정해주셨다. 어떤 일이든 포기하지 않고 열심히 하는 사람을 좋아하셨던 시어머님은 처음에는 반대하셨지만 그 분야에서 정말 열심히 일하고 인정받는 것을 보시고 나서야 인정해주신 것이다.

그렇게 강하셨던 시어머님이 한해 두해 나이가 드시면서 점점 약해지는 모습을 보이셨다. 특히 우리가 분가할 때 친정에 들어가 시어머님과 함께 살던 둘째 딸을 암으로 먼저 저 세상으로 보내고 나서 시어머님이 나에게 이러셨다.

"네가 하고 싶은 일 하면서 살아라. 다만 남편과 자식을 너무 나 몰라라 하지 말고. 둘째도 그렇게 자기 욕심이 많던 앤데, 나한테 그러더라. 올케 하고 싶은 일 하게 하라고. 하고 싶은 일 못하고 사니까 마음에 병이 생기더라고."

어느 날, 시어머님이 말씀하셨다. 처음 내가 시집왔을 때 며느리가 여우이기는커녕 마치 곰처럼 말도 없고 애교도 없어서 마음에 안 들었다고. 그런데 10년을 지켜보니 여우 같은 구석은 하나 없이 곰 같아 보여도 늘 한결같아서 좋다고. 내가 시집 와서 시어머님으로부터 처음으로 들은 칭찬이었다. 10년 만이었지만 나의 진심을 알아주셔서 정말 기분이 좋았다. 진심은 언젠가는 통한다는 것을 다시 한번 느꼈다. ***

4. 일하랴 쌍둥이 아이들 돌보랴

하루하루가 미친 듯 정신없이 지나가버렸다. 육아와 일의 병행은
생각했던 것보다 훨씬 고통스럽고 힘들었다.

쌍둥이를 낳은 이후로 내 개인 생활은 완전히 없어졌다. 그나마 직장에 다녔기 때문에 조금이나마 내 시간을 가질 수 있었다고 봐야 할 것이다.

출퇴근하는 육아 도우미 아주머니가 오셨다. 시어머님과 친정어머니 모두 여건상 나를 도와줄 수 없었기 때문이었다. 나의 월급은 고스란히 육아 도우미 아주머니 몫이었다. 아이를 돌봐주시는 아주머니가 오시면 난 재빨리 출근을 해야 했다. 그리고 내가 퇴근하면 아주머니도 퇴근하셨다. 그때부터 나와 남편은 아이를 하나씩 맡아서 돌보았다. 신생아 시절 잠을 자지 않고 울어대는 아이들 때문에 밤을 꼬박 새야 하는 일은 비일비재했다.

며칠 간 아이들 돌보느라 잠도 제대로 못 자고 다음날 아침 일찍부터 방송을 해야 하는 날은 그야말로 죽을 맛이었다. 만약 밤에 방송이 있는 날에는 남편 혼자서 쌍둥이를 돌봐야 했

다. 하루 종일 환자와 씨름하고 돌아와 피곤한 몸을 이끌고 아이들을 봐야 했으므로 남편 역시 매우 힘들어했다. 쌍둥이들이 번갈아가면서 자지 않고 밤새 보채는 날, 게다가 나까지 밤에 방송하러 나가고 없는 날에는 남편의 고생도 이루 말할 수 없었다.

나도 힘들고 남편에게 미안했지만 계속 일을 했다. 방송하러 간 그 순간만은 전혀 힘들지 않고 오히려 즐거웠으니까. 오히려 아이를 돌보면서 힘들었던 부분을 방송하면서 자연히 풀 수 있었다.

출산 후 3개월 정도 쌍둥이 돌보랴 병원일 하랴 힘든 아들을 보다 못한 시어머님은 며느리가 직장을 그만둘 기미가 보이지 않자 남편에게 본가에서 병원으로 출퇴근하라고 하셨다. 며느리 생각은 안 하고 당신 아들 생각만 하시는 시어머님이 야속했지만 할 수 없었다. 그때부터 나 혼자 쌍둥이를 돌봐야 했다. 도와주던 남편이 없으니 일은 배로 힘들었다.

하루, 이틀 지나면서 생활은 엉망진창이 되어갔다. 집안은 아수라장이었고 아이들 돌보기 바빠 다음날 방송하러 가는 시간이면 방송 준비물과 상품 기술서를 어디에 두었는지 몰라 우왕좌왕하며 찾는 시간이 많아졌다.

게다가 본가에 있는 남편과 시어머님을 위해 주말마다 아이들을 차에 태우고 일산에서 청담동으로 가야 했다. 아이들뿐만 아니라 기저귀와 옷가지, 우유병을 가득 담은 내 몸만한 박스 2개를 차에 싣고 시댁으로 갔다가 다음날이면 다시 나 혼자서 아이들을 차에 태우고 집으로 돌아와야 했다.

그렇게 혼자서 쌍둥이를 보며 직장을 다니던 시간이 어느덧 한 달이 흘렀다. 처음 2주 정도는 견딜 만했는데 3주 째부터 힘들어지기 시작했다. 한 달 간 어떻게 생활했는지 모르겠다. 남편이 도와줄 때는 그래도 그럭저럭 지낼 수 있었는데 남편이 본가로 들어간 동안 마치 미친 사람처럼 하루하루를 살았다.

한번은 아이들이 감기에 걸리면서 사나흘 동안 밤에 잠을 자지 못하고 보챘다. 나 역시 나흘 밤을 자지 못했다. 감기 몸살이 올라 눈은 푹 꺼지고 정신은 몽롱하고 금방이라도 쓰러질 것만 같았다. 출근해야 할 시간은 다가오고 도우미 아주머니가 오시자마자 급하게 방송 자료를 찾아 쏜살같이 회사를 향해 차를 몰았다. 온몸이 두들겨 맞은 듯 아프고 눈이 침침했다. 정신이 없었던 나는 갑자기 눈물이 쾰쾰 쏟아졌다.

'내가 지금 무엇 때문에 사는 거지? 무엇 때문에 이러고 사는 거지?' 라는 생각이 들면서 눈물이 걷잡을 수 없이 쏟아졌다. 휴대폰을 켜서 남편에게 전화를 걸었다.

"아이들 데려가."

난 다짜고짜 첫마디부터 아이들을 데려가라고 했다.

"난 아이 낳고 싶다고 한 적 없어. 아이 낳자고 한 사람이 누구야. 손주 봐야 한다고 하신 분이 누구냐고! 그렇게도 아이를 낳으라고 하던 사람들은 왜 가만히들 있어? 나 혼자 지금… 이런… 고생을… 왜 해야… 하… 는… 건… 데. 아이… 들… 데려가요!"

난 펑펑 우느라 말도 제대로 잇질 못했다. 무슨 말을 했는지 모르겠다. 무슨 정신으로 아이들을 데려가라고 했는지도 모르겠다. 아침부터 느닷없는 전화를 받은 남편은 깜짝 놀란 듯했다.

회사에 도착한 난 울어서 퉁퉁 부은 눈을 하고 방송 준비에 들어갔다.

"난희야, 눈이 왜 그러니? 울었어?"

마침 분장실에 들어선 고려진 선생님이 걱정스럽게 물으셨다.

"아니요, 그냥 감기 몸살이라 몸이 너무 힘드니까 눈물이 나네요."

선생님은 며칠 쉬지 그러냐고 말씀하셨다. 그렇지만 출산 후 다시 출근한 지 얼마 되지 않았기 때문에 또 쉴 수는 없었다.

방송이 끝나고 집에 가면 시어머님께서 아이들을 데려가고 없을 것 같았다. 그러자 집에 들어갈 의욕이 없어졌다. 아침에 남편에게 무슨 소리를 했는지 잘 기억이 나지 않았다. 그냥 아이들 데려가라고 한 것밖에는. 그런데 방송이 끝나고 제정신이 돌아오고 나서 생각해보니 정말 못할 소리를 했다는 것이 실감 났다.

'내가 미쳤구나. 아이들을 데려가라니!'

이러다 영영 아이들을 볼 수 없게 되는 것이 아닐까 겁이 났다. 그러나 남편에게도 시댁에도 전화를 걸 엄두가 나지 않았다. 축 처진 어깨를 하고 집으로 향했다.

그런데 집에 도착해보니 남편이 짐을 싸들고 돌아와 있었다. 한 달 만에 돌아온 것이었다. 남편은 아침에 전화를 받고 놀라서 하루 종일 고민했다고 했다. 나 혼자 너무 힘들 거라는 생각이 들었단다. 내가 한 달 간 별 말 없기에 씩씩하게 잘 견디는 줄만 알았다고 했다. 그리고 그날 아침 그것이 아니라는 걸 알게 되었고.

남편이 돌아와서 한결 나아졌지만 그래도 아이들을 키우면서 회사 일을 하는 것은 참으로 힘든 일이었다. 아이들이 점점 나를 알아보기 시작하면서부터는 두 녀석이 앙앙대며 우는 것을 간신히 떼어놓고 나와야 했고 일 끝나면 아주머니가 퇴근할 수 있도록 집에 가기 바빴다. 하루하루가 미친 듯 정신없이 지나가버렸다.

육아와 일의 병행은 생각했던 것보다 훨씬 고통스럽고 힘들었다. 아이들이 아프거나 힘들어 할 때에는 정말이지 어떻게 해야 할지 난감하기만 했다. 무엇보다도 밤잠을 설치다보니 육체적, 정신적으로 지쳐가고 있었다. 그럴 때마다 나는 이를 악물었다. 여기서 포기하면 안 된다고. 이를 악물고 또 악물었다. ***

5. 일하는 엄마의 비애

엄마가 없는 시간동안 아이를 돌볼 대리인을 찾는 일은 시간과 비용이 드는 힘든 일이다.

나는 출퇴근하는 아주머니를 육아 도우미로 두고 있었다. 여러 아주머니가 우리 집에서 쌍둥이를 돌봐주셨는데, 그 와중에 별의별 일들이 다 있었다.

아이들이 세살 때쯤 아이를 봐주시는 도우미 아주머니가 새로 오셨다. 그런데 아주머니가 오신 뒤로 아이들의 피부가 울긋불긋해졌다. 남편은 접촉성 피부염이라고 했다. 낮에 아이들 산책시킨다고 공원에 데리고 나가신다고 하던데 공원에 비둘기들이 많아서 그런가보다고 생각했다.

아주머니가 오신 지 몇 달 지나지 않은 어느 날, 여느 때와 다름없이 난 출근 준비를 하며 옷을 갈아입고 있었다. 아주머니는 세탁기를 돌려놓고 설거지를 하고 계셨다. 난 갈아입은 옷을 세탁기에 함께 넣기 위해 세탁기 뚜껑을 열었다. 그런데 자세히 보니 아이들의 옷이 걸레와 함께 돌려지고 있는 것이었다. 내 눈이 잘못되었나 싶어서 다시 한번 확인했다. 다시 봐도 바닥 닦는 걸레가 분명했다. 아이를 키우는 사람들은 잘 알겠지만, 피부가 약한 아기들의 옷은 어른 옷과 함께 세탁하지 말고 따로 모아 손빨래를 해야 한다. 그런데 그냥 세탁기로 돌리는 것도 모자라 걸레와 함께 빨다니, 너무 기가 막혔다. 아이들이 그 아주머니가 오신 뒤로 왜 접촉성 피부염이 생겼는지 알 것 같았다.

나는 어떻게 된 거냐고 아주머니에게 물었다. 그러자 아주머니는 별것 아니라는 듯 대답하셨다.

"걸레라야 방바닥 닦는 건데. 더러워봐야 얼마나 더럽다고 그래요?"

"아니, 아주머니. 그래도 걸레잖아요. 아주머니 집에서는 걸레랑 아주머니 옷을 한꺼번에 세탁기에 넣으세요?"

내 말이 기분 나빴는지 아주머니는 손에 낀 고무장갑을 벗더니 당장 그만두고 가겠다고 하셨다.

"아주머니 저 지금 출근해야 하는데, 당장 그러시면 곤란하죠."

"새로 사람 구해. 야! 네가 잘났으면 얼마나 잘났다고 어른한테 이따위 행동이야? 남의 집 일하니까 내가 우습게 보이니? 걸레랑 빨았다고 뭘 그렇게 난리니? 네가 깔끔하면 얼마나 깔끔하다고 유난을 떨고 그래?"

아주머니는 금방이라도 나에게 달려들 것만 같았다. 분위기가 살벌해졌다. 난 다리가 후들거려 말이 제대로 나오질 않았다. 그런 상황은 처음 있는 일이었다. 어떻게 수습을 해야 할지 몰랐다. 급기야 아이들이 울기 시작했다. 큰 소리가 나자 무서웠던 모양이다. 나 역시 그 상황이 무서웠다.

출근 시간은 급박해져가고, 나는 일단 친정에 전화를 걸어 어머니에게 와달라고 부탁을 했다. 집안이 아수라장이었다. 아이들은 울음을 그치지 않았고 화가 머리끝까지 난 아주머니는 '네가 잘 살면 얼마나 잘 사는지 두고보자.'고 소리치며 하루 일당을 받고 나가셨다. 머릿속이 어지러웠다. 우는 쌍둥이들을 안고 나도 울었다.

친정어머니 대신 온 여동생에게 일단 아이들을 부탁하고 회사로 향했다. 자동차 안에서 또 얼마나 울었는지 모른다. 아주머니에게 반말을 듣고 삿대질을 당해서가 아니다. 만약 그 아주머니가 계속 아이들을 돌봤다면 어떻게 되었을까. 한참 손이 많이 가는 아이들을 책임감 없는 분의 손에 맡겼더라면 아이들에게 큰 상처를 안겨주었을지도 모른다. 나는 새삼 일하는 엄마 때문에 우리 아이들이 다른 아이들에 비해 많은 피해를 입는 것은 아닌지 속상한 생각이 들었다.

이런 일도 있었다. 한 할머니가 아이들을 봐주신 적이 있다. 그 할머니는 함께 숙식을 하셨는데 출퇴근하는 분보다는 함께 거주하는 편이 여러 모로 훨씬 나을 것 같았다. 일단 아주머니

퇴근 시간 맞춰서 부리나케 허둥대며 하던 일을 못하고 쫓기듯 집으로 돌아오지 않아도 되었다.

그런데 그 할머니가 오신 지 사흘도 안 되어 문제가 발생했다. 그날은 밤늦게 방송이 있는 날이었다. 새벽 3시가 다되어 집에 돌아왔는데 현관문을 열고 들어가니 깜깜한 거실에서 술 냄새와 시큼한 냄새가 진동을 했다. 남편이 술을 먹고 들어와 자나보다 했다. 난 불을 켰다. 순간 까무러치는 줄 알았다. 할머니가 술에 만취한 채 소파에 얼굴을 묻고 주무시고 계셨다. 거실 바닥과 소파 바닥에는 토사물이 흥건히 묻어 있었다. 할머니 옆에는 내가 요리할 때 사용하기 위해 사다놓은 큰 정종 한 병이 뚜껑이 열린 채 놓여 있었다. 술은 3분의 1밖에 남아 있지 않았다. 너무 기가 막혀서 다리가 후들거릴 지경이었다. 난 그 상황을 어떻게 처리해야 할지 몰랐다. 머릿속이 혼미했다. 일단 할머니부터 깨웠다. 할머니는 나를 보더니 정신이 드셨는지 무척 당황해하셨다.

난 할말이 없어 방안으로 들어갔다. 아이들은 잠옷도 갈아입지 않고 입던 옷 그대로 쓰러져 잠들어 있었다. 너무 속상해서 밤새 뜬눈으로 지샜다. 술에 취해 아이들 잠자리도 봐주지 않는 할머니에게 계속 아이들을 맡길 수는 없는 노릇이었다. 또한 그런 모습이 한창 예민한 아이들에게 나쁜 영향을 주지는 않을까 걱정도 되었다. 다음날 아침, 난 죄송하지만 인연이 아닌 것 같다고 말씀을 드렸다. 할머니도 미안하다고 하시고 짐을 꾸려 나가셨다.

자녀를 남의 손에 맡겨본 엄마들이라면 이런 황당한 사건을 겪어본 적이 한 두 번은 있을 것이다. 엄마가 없는 시간 동안 내 아이에게 엄마의 온기와 사랑을 전달해줄 수 있는 대리인을 찾는다는 것은 너무도 힘든 일이다. 도우미 아주머니나 마땅한 탁아 시설을 찾기 위해서 드는 시간과 노력, 비용은 결코 만만 치가 않다. 그러나 그러한 모든 비용과 수고를 감수하고서라도 일하는 엄마들은 대리인을 찾을 수밖에 없다.

도우미 아주머니로 인하여 안 좋은 사건이 발생할 때마다 나는 일에 대한 회의를 느끼게 되었다. 내가 이런 일까지 겪으면서 일을 계속해야 하는지에 대한 의문을 품고 그에 대한 고민을 했다. 나는 또 다시 이런 일을 겪지 않도록 도우미 아주머니를 볼 때는 철저하게 파악하는 버릇이 생겼다. 사람의 인성을 단시간에 파악하는 것은 쉬운 일이 아니었지만 경험이 쌓이면서 사람을 보는 시각도 생겼다. 다행히 그 이후로 별다른 문제는 없었지만 항상 긴장만은 늦추지 않고 있다. ***

6. 얘들아, 미안해

일 때문에 아이들을 잘 챙기지 못할 때가 있다. 그럴 때마다 아이들에게 참 미안하다.

일하는 엄마는 아이들에게 항상 미안하다. 나 역시 마찬가지다. 아이들이 다쳐도 방송 중인 경우에는 함께 병원에 갈 수 없었고 아이가 커서 유치원에 들어갔을 때도 제대로 한번 찾아가보지도 못했다. 초등학교 시절에는 준비물 하나 제대로 챙겨주지 못해 늘 학교에서 지적당했다. 첫 운동회 날 출장 중이라 가지 못했고 처음 소풍가는 날 역시 새벽부터 방송 준비하느라 함께 따라가기는커녕 소풍가는 아이 뒷모습조차 배웅해주지 못했다.

아이들이 초등학교에 입학하고 1년이 지났을 때 일이다. 난 초등학생에게 그렇게 준비물이 많을 줄 몰랐다. 엄마가 챙겨주지 않으면 아이들은 그야말로 학교에서 놀림당하기 딱 좋았다. 일하는 엄마에게는 준비물만큼 무서운 것이 없다. 준비물을 챙겨주려면 알림장 체크를 매일 해야 하는데 그러지 못할 때가 많다. 일하고 늦게 들어오면 나도 모르게 그냥 씻고 자버리고 다음날 아이가 나보다 일찍 깨어서 학교에 가버리는 날이 많았으니까. 그러나 준비물을 못 챙겨가도 아이들은 늘 씩씩하고 밝았다. 어쩌면 그런 아이들 때문에 난 더 형편없는 엄마가 되었는지도 모르겠다.

한번은 큰아이가 그날따라 준비물을 꼭 챙겨줄 것을 당부했다. 다행히 일이 일찍 끝나서 집에 여느 때보다 빨리 들어왔다. 알림장을 체크해보니 물총 만들기 준비를 해오라고 써있었다. 얼마 전에 작은아이도 물총 준비물이 있다고 해서 아침에 급한 마음에 집에 있는 빈 샴푸통을 씻어서 챙겨준 적이 있었다. 나는 큰아이에게도 케찹통을 씻어서 챙겨줄 참이었다.

나는 색종이만 사면 되겠다고 생각하고 두 아이를 데리고 문방구로 갔다. 색종이를 사다가 다른 학생의 엄마가 물총 준비물 세트를 구입하는 것을 보고 나는 깜짝 놀랐다.

"아저씨, 물총 준비물 세트가 따로 있나요?"

문방구 아저씨에게 물었더니 그렇다고 했다. 학년마다 교과과정에 따라 필요한 준비물을 세트로 묶어서 팔고 있었던 것이다. 난 그런 사실을 전혀 모르고 있었다. 아이들은 벌써 1학년을 지나 2학년이 되었는데도 말이다. 색종이와 물총 준비물 세트를 구입했다. 그 안에는 물총을 비롯해 여러 가지 도구들이 들어 있었다. 작은아이의 얼굴을 쳐다보고 물었다.

"너도 지난 번에 물총 준비물 챙겨갔을 때 다른 친구들은 다

이렇게 준비해 왔어?”

그때서야 작은아이는 그렇다고 했다.

“넌 그때 샴푸통만 가져갔잖아. 너만 샴푸통 가져왔겠네?”

“나랑 또 한 명 있었어. 걔도 엄마가 안 챙겨줬대.”

작은아이가 그날 기분이 어땠을까를 생각하자 마음이 너무 아팠다.

“미안해, 엄마가 못 챙겨줘서.”

“다른 친구들은 멋진 물총 만들었는데, 난 없어서 기분이 좀 그랬어. 그래도 괜찮아, 엄마.”

엄마의 마음까지 헤아리는 작은아이가 기특하기도 하고, 엄마인 내가 한심하기도 해서 한참 동안 아이의 손을 잡고 서 있었다.

이런 일도 있었다. 초등학교 저학년은 엄마가 학교에 갈 일이 많다는데 나는 별로 학교에서 오라는 일이 없었다. 그런데 그게 아니었다. 아이들은 내가 바쁘다는 것을 알고 학교에서 엄마들이 참석해야 할 모임이 있으면 알림장에 스스로 ‘엄마 불참’ 이라고 알아서 써냈던 것이다.

2학년이 거의 끝나갈 무렵에야 그 사실을 알게 되었다. 어느 날 우연히 알림장에 꽂아놓은 가정통신문을 발견했는데, 거기에는 ‘어머니 모임 참석 못함’ 에 동그라미가 그려져 있었다. 아이들은 나에게 물어보지도 않고 엄마가 당연히 학교에 못 올

거라고 생각했던 것이다. 마음이 아팠다. 마침 어머니 모임이 있던 날은 방송이 없는 날이어서 난 '참석'으로 동그라미를 고치고 학교 모임에 갔다. 그날 이후 아이들은 엄마도 학교에 올 수 있다는 것을 알았는지 학부모 모임이 있는 날이면 엄마가 올 수 있는지 물어보곤 한다.

아이들은 부모가 잘 챙겨주지 못 하면 스스로 자신을 돌보며 또래보다 더 빨리 철이 드는 것 같다. 애어른처럼 구는 아이들이 싫으면서도 내 아이들을 그렇게 키우고 있었던 것이 바로 나라는 것을 깨달았다.

아이들은 참 잘 자라주었다. 바쁜 엄마를 생각할 줄 아는 착하고 건강한 아이로 성장해가고 있다. 나는 우리 아이들에게 그저 미안할 따름이다. 언젠가는 이 미안함을 모두 보상할 수 있겠지. ***

7. 아이들은 어떻게 키우냐구요?

일 하는 엄마라고 아이들의 교육을 소홀히 할 수는 없다. 함께 하는 시간은 적었지만 질적인 부분에 충실했다.

어느 일요일 오전, 방송하기 위해 출근 준비하는 나에게 작은아이가 물었다.

"엄마, 어디 가?"

"응, 엄마 일하러."

"난 또 우리 놀러가는 줄 알았지. 괜찮아, 엄마. 엄마는 일해야 되잖아. 잘 다녀오세요."

순간 나의 마음이 찡했다.

일과 가정을 병행한다는 것은 해본 사람만이 아는 일이다. 아무리 설명해도 경험해보지 않은 사람은 미칠 것 같은 그 힘든 상황을 이해하지 못한다. 나 혼자만 거두기에도 바쁜 직장일, 거기에 남편까지는 괜찮다. 남편은 그래도 양해를 얻을 수 있으니까. 그런데 아이가 태어나면서부터는 모든 것이 달라진다.

난 욕심이 많다. 수퍼우먼이 되지는 못하더라도 최대한 나의 노력을 기울여야한다고 생각한다. 일을 한다고 가정을 소홀히 하고 싶지 않았고 가정일 때문에 회사일을 소홀히하고 싶지도 않았다. 그러다보니 하나둘씩 나름대로 노하우를 터득해나갔다. 그것은 아이들과 함께 하는 시간은 비록 짧아도 그 시간만큼은 모든 일을 잊고 아이들에게 온전히 집중하는 것이었다.

아이들이 어릴 때는 천 기저귀를 쓸 수 없어서 종이 기저귀를 사용했다. 천 기저귀가 아기들 피부에 좋다고는 하지만 요즘엔 종이 기저귀도 잘 나와서 오히려 더 보송보송한 이유도 있었다. 어쨌든 쌍둥이들이 사용하는 기저귀의 양은 엄청났다. 나는 주체할 수 없는 기저귀를 싸게 사기 위해서 기저귀 도매공장까지 가서 한 달치씩 사오곤 하는 극성을 부렸다.

육아 전문지와 육아 전문가들의 책을 짬짬이 읽으면서 연령에 맞는 교육은 어떻게 해야 하는지, 이유식은 어떻게 만들어야 하는지 공부해서 되도록이면 그대로 지켜나갔다. 가능하면 아이의 이유식은 직접 만들어 먹였다. 내가 직접 못할 때에는 도우미 아주머니에게 그대로 요리해달라고 방법을 알려드리곤 했다. 편하게 시중에 판매하는 만들어진 이유식을 먹일 수도 있었지만 그런 적은 한 번도 없었다.

일하는 바쁜 엄마이다 보니 이틀 연속 아이들 얼굴을 못 볼 때도 있었고 출장이라도 가는 날에는 일주일 동안 못 보는 경우도 생겼다. 그래서 함께 있는 시간에 충실했다. 다른 엄마들과 달리 함께 하는 시간은 적었지만 질적인 부분에 충실했다. 아이들이 마음이 따뜻한 아이들로 자랄 수 있도록 자연을 많이 보여주고 문화 경험을 많이 하게 해주었다.

시간이 날 때마다 아이들에게 책을 읽어주었고 아이들의 모습을 사진에 담았다. 쌍둥이들이 세 살이 넘어서는 가까운 곳으로 여행을 다녔다. 서울의 박물관, 미술관, 공원들을 두루 돌아다녔다. 아이들이 대여섯 살이 되면서부터는 지방으로 다녔다. 서해 갯벌에서 게 잡는 체험을 해보게 했고 봄에는 가까운 시골로 개구리를 잡으러 갔으며, 가을에는 밤 줍는 행사에 참여했다. 별똥별이 떨어진다는 뉴스가 나온 날에는 아이들에게 별똥별을 보여주기 위해 늦은 밤 산으로 올라가기도 했다. 남편이나 나나 직장에 다니면서 휴일에는 푹 쉬고 싶은 마음도 있었지만 아이들을 위해서 쉴 수 없었다. 내 몸이 피곤해도 휴일만이라도 아이들을 위해 봉사하고 싶었다.

방송이 없는 평일에는 틈틈이 아이들이 다니는 수영장으로 학원으로 쫓아다니느라 바빴다. 아이들은 자기들이 좋아하는 방과 후 활동에 엄마가 관심을 가져주면 신나서 더 열심히 했다. 물론 여느 가정주부들처럼 완벽하게 할 수는 없지만 그래도 나는 아이들의 스케줄을 하나하나 수첩에 기록해놓고 체크했다. 나의 하루는 동으로 서로 바쁘게 움직였다.

무엇보다 가정 교육만큼은 친정어머니가 나에게 하셨던 것처럼 엄격하고 철저하게 시켰다. 사회에 나와 직장 생활을 해보니 사회에서 성공하는 사람은 공부를 잘해서 성공하는 것이 아니라 인성 교육이 잘 되어 있기 때문인 경우를 많이 보았고. 인성 교육은 가정 교육에서 시작된다.

나는 아이들에게 인간으로서 갖추어야 할 기본적인 예의범절을 강조했다. 식사예절, 어른에 대한 예절, 친구들에 대한 예절, 공공 질서, 말씨 등등을 틈나는 대로 교육시켰다. 내가 이렇게 가정 교육에 신경쓰는 것은 아이들이 항상 바른 사람으로, 인정받는 사람으로 자라주었으면 하는 바람때문이기도 하지만, 일하는 엄마가 소홀할 수 있는 부분은 학교 교육보다도 가정 교육이라는 생각이 들었기 때문이다. 학교 교육은 학교 선생님이라도 계시지만 가정 교육은 엄마가 해주지 않으면 어디에서도 배울 수 없기 때문이다. 엄마가 일하느라 아이들 가정 교육이 엉망이라는 소리는 절대 듣고 싶지 않았다.

비록 일을 하는 엄마이지만, 아이들의 교육을 무시하거나 소홀히할 수는 없다. 바쁘고 힘들지만 그만큼 아이들에게 최고의 환경을 제공해주고자 최선의 노력을 다한다. 그리고 틈틈이 아이들이 엄마의 사랑을 느낄 수 있도록 사랑과 관심을 표현한다. 바쁜 엄마가 직장일 때문에 자기들에게 관심이 없다는 생각이 들지 않도록 하는 것도 매우 중요하기 때문이다. 난 아이들에게 '사랑한다', '너희들을 믿는다' 라는 말을 자주한다.

나의 사랑이 전달되었기 때문일까. 다행히 아이들은 건강하
게 잘 자라주고 있고 엄마의 일도 많이 이해해준다. ***

Part_4

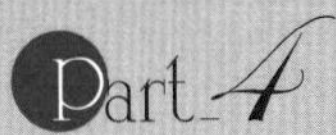

홈쇼핑 방송의 새 역사를 만들다

방송에 들어갈 때 마다 매출이 어떻게 나올까 걱정하면서도
맘속으로는 100% 나의 열정과 노력을
쏟아보자고 다짐한다.
– 본문 중에서

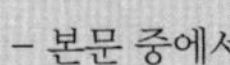

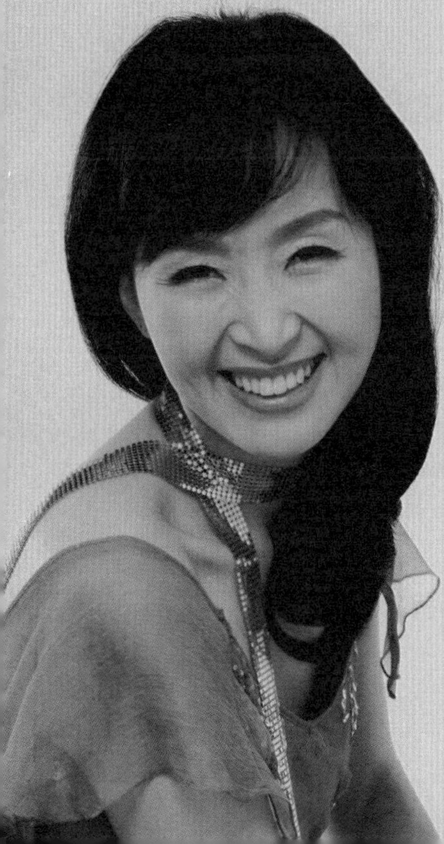

1. 깨진 접시도 다시 보자!

그날따라 너무나 강렬하게 내 머릿속에서 계속 '정말 안 깨질까?'라는 생각이 빙빙 돌고 있었다.

쇼호스트라면 순발력이 필요한 순간이 있다. 순발력은 단순한 동물적 감각에서 나오는 것이 아니라 평소에 늘 호기심을 가지고 사물에 대한 다양한 지식을 지니고 있어야 한다. 은연중에 알고 있던 지식이더라도 곤란한 순간에 적절하게 응용할 수 있기 때문이다.

'깨지지 않는 아름다움.'

누구나 한 번쯤은 들어봤을 유명한 문구다. 바로 미국 수입 도자기 브랜드인 C브랜드의 광고 문구다. 나는 여느 때와 마찬가지로 그 날도 어김없이 방송을 하고 있었고, 바로 이 C브랜드의 접시 세트를 판매하고 있었다.

"깨지지 않는 아름다움이죠. 주부님들께서 살림하다, 특히 설거지하시면서 가장 많이 발생하게 되는 그릇 깨짐! 이제 그 스트레스로부터 벗어나실 수 있습니다. 이 접시는 압축강화유리 3중 구조로 심한 충격에도 쉽게 깨지지 않는 그릇이죠."

　신나게 방송을 하고 있었다. 유명 백화점에서도 인기리에 판매되고 있는 브랜드였고, 홈쇼핑 방송을 통해서도 판매가 잘 되고 있는 상품이었다.

　그런데 방송 중에 갑자기 호기심이 발동했다.

　'정말 안 깨질까?'

　나 역시 살림을 하는 주부이기 때문에 이 접시를 사용한 바 있지만, 생각해보면 일부러 깨뜨려본 적이 없었다. 그저 안 깨진다니까 안 깨지겠지 생각했다. 그런데 문득 방송을 하면서 너무나 궁금해졌다. 그날따라 너무나 강렬하게 내 머릿속에서 계속 '정말 안 깨질까?' 라는 생각이 빙빙 돌고 있었다. 궁금증은 점점 강도를 더해만 갔다. 내가 이렇게 궁금한데 구입하고자 하는 사람들도 마찬가지일 것 같았다. 정말 깨지지 않을지 모두들 텔레비전을 보면서 의문을 품고 있을 것 같았다.

　급기야 난 나의 궁금증과 고객들의 궁금증을 동시에 풀어보리라 결심했다.

　"여러분! 이 접시가 정말 깨지지 않는지 궁금하지 않으세요? 제가 직접 눈으로 확인시켜드리겠습니다. 자, 잘 보세요. 제가 바닥에 한번 던져볼게요!"

　난 접시를 하나 집어들었다. 그때 방송을 함께 진행하고 있는 담당 PD의 다급한 목소리가 이어피스(PD와 무선으로 대화하고 사인을 듣는 방송용 기구)를 통해서 들려왔다.

"정말 던져보시게요? 지금까지 그 접시는 한번도 던져본 적 없는데!"

물론 그랬다. 그때까지 그 누구도 방송에서 접시를 던져본 적은 없었다. C접시는 가격이 무려 20만 원대에 육박하는 고급 세트 상품이었다. 컨셉트 자체가 우아하게 진행되는 방송이었으니 당연히 접시를 던진다는 것은 상상할 수 없는 일이었다. 게다가 접시를 던져서 만약 진짜 깨지기라도 한다면 무척 난감한 상황이 될 것이 뻔했다.

"네! 자, 던져보겠습니다."

난 시청자와 담당 PD에게 동시에 답변을 하고 앞쪽으로 접시를 던졌다.

"땡그랑~."

카메라는 스튜디오 바닥에 떨어지는 C접시를 클로즈업했다. 접시는 크게 클로즈업된 텔레비전 화면에 보란 듯이 말짱한 모습으로 빙글빙글 바닥에서 돌다 멈췄다. 역시 깨지지 않았다.

"네~ 보셨죠? 역시 깨지지 않는 아름다움입니다. 이렇게 설거지를 하시다가 혹시 비눗물에 미끄러져 바닥에 떨어뜨리시더라도 괜찮습니다. 혹은 어린아이들이 접시를 들고 움직이다가 떨어뜨려도 괜찮습니다!"

이내 스튜디오의 콜모니터(TV처럼 생긴 전광판)를 통해 주문 콜 수가 20콜에서 30콜, 50콜, 70콜, 100콜을 넘어서기 시작했다.

"역시 유난희 씨에요! 잘하셨어요. 던져서 보여주니까 확실하네요. 깨지지 않는군요. 전 혹시라도 잘못될까 봐. 지금 주문전화 엄청 많아요. 기다리는 사람 많거든요? 자동 주문전화 멘트해 주세요."

갑자기 분위기가 무척 좋아졌다. 담당 PD의 목소리 톤이 높아졌고, 눈앞에 보이는 전광판 콜모니터에는 엄청난 주문자 수와 대기자 수가 보였다. 나도 덩달아 신이 났다. 호기심도 풀고 주문자 수도 늘고 일석이조였다. 주문 콜 수가 점점 증가되는 것을 보면서 무언가 대단한 걸 해냈다는 우쭐한 기분이 들었다.

그때 담당 PD의 목소리가 이어피스를 통해서 들려왔다.

"유난희 씨, 다시 한번 접시를 던져서 보여주면 어떨까요?"

PD의 요청으로 다시 한번 접시를 던져서 보여주었고 시연은 2~3번 정도 반복되었다.

"네. 와아! 지금 주문 전화가 정말 많습니다. 자, 이번에는 우리 같이 한번 던져볼까요?"

난 나와 함께 방송을 진행하던 남자 출연자에게도 접시 하나를 집어들기를 권했고 우리는 함께 던져보기로 했다. 나의 손에는 지금까지 서너 번 바닥에 던져진 운명의 그 접시가 다시 쥐어져 있었다. 우리는 카메라가 줌인하고 있는 바닥을 향해 동시에 접시를 던졌다. 그때였다.

"쨍그랑!"

두 접시는 공중을 날아 서로 부딪히면서 바닥으로 떨어지고 말았다. 산산조각이 난 채 바닥에 뒹구는 접시가 그대로 화면 가득히 잡혔다. 활짝 밝은 얼굴로 신나게 그릇을 던지던 나는 순간 몸이 얼어붙고 말았다. 식은땀이 등줄기를 타고 흘러내렸다.

어떻게 수습할 수도 없는 생방송 중이었다. 스튜디오에는 적막이 흘렀다. 나와 방송 스태프들은 일제히 콜모니터 전광판을 쳐다보았다. 아니나 다를까. 주문 콜 수도 마구 떨어지기 시작했다. 담당 PD가 재빨리 모델샷으로 화면을 넘겼지만 한번 떨어지기 시작한 콜 수는 빠른 속도로 줄어들고 있었다. 1초가 지났을까, 10초가 지났을까 그 순간이 너무나 길게 느껴졌다. 그러나 어떻게든 수습을 해야 했다.

"네… 아아… 깨졌네요."

나는 당황한 모습으로 손가락을 만지작거리며 멘트를 시작했다. 순간 손가락에 있던 인조 다이아 반지가 만져졌다. 그리고 머릿속에 다이아몬드에 대한 생각이 떠올랐다.

'그래! 바로 이거야!'

나는 마음을 가라앉히고 멘트를 시작했다.

"음, 여러분 다이아몬드 아시죠? 다이아몬드는 보석 중에서 가장 강한 보석으로 알려져 있습니다. 일반적으로 다른 유색 보석을 커팅할 때 다이아몬드 톱으로 커팅한다고 합니다. 그렇다면 다이아몬드를 커팅할 때는 무엇으로 할까요? 그렇습니다! 다이아몬드를 커팅하는 것도 다이아몬드 톱이랍니다. 이 접시도 마찬가지입니다. 바닥에 던져도 깨지지 않던 접시가 서로 부딪히니까 깨지네요. 3중 압축강화유리로 만들어진 이 접시를 깨뜨릴 수 있는 것은 바로 같은 접시뿐입니다. 설거지하실 때 이 접시가 서로 부딪히는 것은 조심하셔야겠습니다."

이렇게 멘트를 하고 나자, 한 자리 수까지 떨어졌던 주문 콜 수가 다시 살아나기 시작했다. 3, 17, 35, 75, 101….

"유난희 씨, 다시 콜 떴어요."

담당 PD의 반가운 목소리가 들려왔다. 결국 그렇게 난 무사히 방송을 마칠 수 있었다.

2시간 생방송을 어떻게 해냈는지 모를 정도로 나는 그야말로 천국과 지옥을 오가는 기분이었다. 다행스럽게도 주문은 호조를 보이며 대기자 수가 다시 늘어나고 있었고 방송 결과도 만족스러울 만큼 좋았다.

아무리 좋은 제품이라도 변수는 생기게 마련이라는 것을 자칫 간과하면 언제 어떤 일이 발생할지 모른다. 내가 하고 있는 홈쇼핑 생방송은 그래서 더 재미있고 흥미롭다. ***

2. 궁금하세요? 직접 보여드립니다!

가죽코트 등 부분에 물을 부어보았다. 그랬더니 신기하게도 또르르 흘러내리는 것이 아닌가? 난 쾌재를 불렀다.

난 눈에 보이는 즉각적인 시연을 무척 좋아한다. 백마디 말보다 눈으로 한번 보는 것이 훨씬 낫다는 것을 수차례 체험했기 때문이다. 그러나 철저한 제품 분석과 준비가 없으면 자칫 위험할 수 있는 것이 즉각적인 시연이다. 나는 과감한 시연으로 소위 대박을 터뜨린 경우가 많았다.

홈쇼핑 초창기 시절, 가죽 의류 방송을 할 때의 일이다. 요즘에는 누구나 가죽을 많이 입지만 당시만 해도 가죽은 워낙 비싼 상품으로 인식되었던 때라 오프라인에서 가죽을 저렴하게 구입하려면 가죽 전문시장으로 쇼핑을 나가는 경우가 많았다. 아무리 홈쇼핑의 특성상 저렴하게 구입할 수 있다고 하지만 그래도 가죽이라는 아이템 자체가 대중적인 옷이 아니다보니 충분한 사전 전략회의를 해야만 했다. 가죽 의류가 늘 폭발적인 매출이 없어서 아쉽다는 MD의 말을 들으면서, 나는 어떻게 하면 매출을 늘릴 수 있을까 고심하고 많은 공부를 했다.

일단 업체의 가죽 전문가가 들려준 가죽에 대한 기본 정보를 수집했고 소개할 상품에 대한 정보를 공부했다. 백화점과 가죽 전문시장에 나가 가죽옷의 가격대가 어느 정도인지 시장조사를 했다. 우리가 판매할 가죽 의류는 백화점에서 판매하는 것과는 비교도 안될 만큼 가격이 저렴했다. 지금은 양가죽으로 만들어진 옷을 소개해야 판매가 잘 되지만 당시에는 주로 소가죽 소재로 된 상품이 대다수였다. 소가죽옷을 요즘 양가죽옷 가격으로 판매했으니 가죽옷을 구입하기는 그때보다 지금이 더 좋아진 것 같다.

가죽에 대해 박사는 아니더라도 충분히 공부했다고 생각한 난 자신 있게 방송에 들어갔다. 소가죽의 특징과 제품의 공정에 대해 자세하게 설명했다. 그러면서 백화점과 시장에서 조사한 가격을 비교해주며 얼마나 저렴한 가격인지를 자신 있게 강조했다.

주문 콜이 좋았다. 그렇게 상품 소개하는 시간이 15분 정도 지났을까. 담당 PD가 이어피스로 말을 건네왔다.

"방수가 되냐는 고객 질문이 들어왔네요. 비올 때 입어도 되냐구요."

그리고 PD는 잘 모르면 대답 안 해도 되니 그냥 넘어가자고 했다. 난 어떻게 해야 할지 잠시 고민했다. 원래 가죽이란 것 자체가 물과 가까이 해서는 안 되는 상품이지만 그래도 시청자의 질문인데 대답을 해드려야 할 것 같았다. 게다가 나의 호기심까지 눈을 떴다.

'정말 가죽은 절대 물을 접하면 안 되는 것일까?'

순간 가죽옷의 공정 과정이 생각났다. 이 가죽옷 공정 중에는 오일 공정이라는 것이 있었다. 즉 가죽에 오일 피막을 자연스럽게 입히는 것이다. 상품 설명처럼 오일 공정만 제대로 되어 있다면 오일은 물과 분리되니까 물이 묻어도 금방 스며들지는 않을 것 같았다. 갑자기 시연을 해야겠다는 생각이 들었다.

"네. 지금 시청자 분의 질문이 하나 들어왔다고 합니다. 이 가죽 반코트가 방수가 되냐는 질문을 하셨는데요. 원래 가죽은 물과 접촉하면 안 되는 소재지만, 이 상품은 3번의 오일 공정을 거쳤기 때문에 약간의 물이 닿았을 때는 괜찮지 않을까요? 직접 실험을 해보겠습니다."

그러자 이어피스로 PD의 다급한 음성이 들려왔다. 위험하니까 하지 말라는 것이었다. 하지만 난 꼭 실험해서 시청자의 궁금증을 풀어주고 싶었다. 카메라가 모델샷으로 넘어간 사이 나는 스태프에게 물을 좀 가져다달라고 했다. 그리고 가죽 코트 등 부분에 물을 부어보았다. 그랬더니 신기하게도 또르르 흘러내리는 것이 아닌가. 그리고 재빨리 마른 수건으로 닦았더니 얼룩 하나 생기지 않고 말끔했다. 난 쾌재를 불렀다.

'그래, 바로 이거야!'

　PD에게 그 사실을 말했다. 그리고 내게 다시 카메라샷이 넘어왔을 때 앞서 했던 것처럼 똑같이 시연하여 시청자들에게 보여주었다. 더불어 이 옷을 입고 나갔다가 갑자기 비가 내려 물기가 닿아도 빨리 마른 수건으로 닦으면 걱정 없겠다는 멘트를 했다.

　시연의 효과는 즉각 나타났다. 주문 콜이 갑자기 치솟았던 것이다. 그날 방송한 가죽 의류는 가죽 의류 방송사상 가장 큰 매출을 기록했다. 대박이었다. 평균 30분 방송에 300장 정도 판매되던 가죽옷이 1,000장이 넘어 모두 매진되어버렸으니까.

　그 날 방송 이후로 가죽 의류는 물을 부어 생활 방수가 되는 것을 보여주면 콜이 많이 온다는 소문이 퍼졌고 한동안 가죽 의류를 판매할 때 물을 뿌려 보여주는 시연이 유행하기도 한 웃지 못할 일도 있었다. 하지만 가죽옷은 아무리 그래도 물과 닿아서는 안 되는 옷이다.

　이와 비슷한 사례가 또 있다. 바로 보정속옷 방송이었다. 오프라인에서는 속옷이 기본 의류라 1년 내내 세일을 하지 않는다. 그런데 홈쇼핑에서는 시중에서 한 세트에 10만 원을 줘야 구입할 수 있는 속옷 10여 세트를 한 세트 가격에 판매하니 당연히 고객들의 반응이 좋을 수밖에 없었다. 그래서 속옷은 홈쇼핑에서 신선하고 저렴한 쇼핑 아이템으로 급부상했다.

　하지만 올인원을 포함한 보정속옷은 일반인들에게는 아직

낯선 상품이었다. 몸매 보정을 위한 아이템이라 대중적이지 않았다. 게다가 한여름에는 날씨가 무척 덥기 때문에 몸에 꽉 조이는 올인원을 입는다는 것은 웬만한 멋쟁이가 아니고서는 선뜻 엄두를 내지 못하는 일이었다. 그래서 일반 브라, 팬티 세트보다 판매가 좀 저조한 편이었다. 그러던 중 올인원 상품을 판매할 기회가 나에게 주어졌다.

방송에 들어가기 전 실시한 사전 전략회의에서는 여름용 보정속옷, 올인원이라는 것에 초점이 맞춰졌다. 회의가 끝난 후 업체 분은 직접 입어보고 난 후 느낌을 방송에서 말해달라며 나에게 올인원 하나를 건네주었다. 나 또한 직접 체험해보지 않으면 실감이 덜할 수 있어 직접 입어보고 정말 더운지 몸매는 보정되는지 느껴보기로 했다.

집으로 올인원을 가지고 와서 방송하기 전까지 4일 간을 입어보았다. 여름용 올인원이라 원단이 얇아서인지 입고 벗기는 훨씬 편했다. 소재가 얇은데도 3중 구조로 되어 있다는 다이아몬드 모양의 부분이 배를 눌러주어 달라붙는 옷을 입었는데도 배가 매끈하게 들어가 보였다. 겉옷의 실루엣 또한 훨씬 살아났다.

'이런 맛에 좀 귀찮아도 올인원을 입는 거구나. 그런데 이렇게 얇은데도 배 부분이 정말 눌러지네. 어떻게 만들어진 걸까?'

또 다시 호기심 발동. 그 부분을 분해해보지 않고서는 견딜 수가 없었다. 가위로 3중 구조로 되어 있다는 배 부분을 잘라 보았다. 펼쳐보았더니 정말 다이아몬드 부분은 3겹의 각기 다른 구조를 가진 다른 소재의 원단으로 만들어져 있었다. 난 이것을 방송에서 직접 시청자들에게 보여주기로 했다.

드디어 생방송 날. PD에게 올인원의 배 부분을 잘라서 보여주는 것이 좋겠다고 제안했다. PD는 업체 분에게 부탁해서 미리 잘라서 준비를 해놓겠다고 했다.

방송은 올인원의 소재에서부터 구성에 대한 설명까지 업체 게스트의 설명을 들어가며 매끄럽게 진행되었다. 난 업체 분이 미리 잘라서 건네준 올인원의 3중 구조 단면 부분을 카메라에 비추며 설명했다. 하지만 문득 시청자들이 '분명 저 옷만 미리 준비한 것일지도 몰라.'라고 의심할 것 같은 생각이 들었다. 만약 다른 것도 직접 잘라서 보여주면 의심하지 않겠지.

"제가 오늘 직접 여러분께 또 하나의 올인원을 잘라서 보여드릴게요."

이렇게 멘트를 하고 가위를 꺼내어 올인원의 3중 구조 부분의 원단을 잘랐다. 화면 가득히 가위질로 잘라진 단면이 클로즈업되었다. 나는 화면에 잡힌 장면 그대로 3겹으로 된 원단을 하나하나 들어 보여주며 어떤 소재인지 어떤 구조로 되어 있는지 각각의 원단들이 어떤 역할을 해서 기능적으로 배 부분을 보정해주는지를 설명해주었다.

주문 콜 수가 엄청나게 많아졌고 사이즈별로 매진되었다는 정보가 속속 들어왔다. 내 생각이 적중했다. 시청자들은 보다 확실하고 보다 정확하게 그리고 눈으로 보여주는 것을 좋아하고 신뢰했다.

나와 업체 게스트 모두 흥분된 목소리로 신나게 방송했다. 드디어 모두 '완판'이라는 빨간 글씨체가 화면 가득히 찍혔다. 2,000장 수량이 모두 매진된 것이다. 나는 아주 가벼운 마음으로 스튜디오 문을 나섰다.

대기실에는 업체 사장님께서 기다리고 있었다.

"죄송해요. 멀쩡한 올인원을 두 장이나 잘랐으니. 사실 사전 전략회의 때 저에게 직접 입어보라고 주셨던 그 올인원도 제가 집에서 잘랐는데, 다시 기워서 입을 수는 없는 거겠죠?"

업체 사장님은 괜찮다며 기분 좋게 웃으셨고 나도 기분이 좋았다. 아까운 올인원을 여러 장 버리게 되었지만 말이다. ***

3. 일을 위해서라면 망가져도 좋다

카메라가 화면 가득하게 프라이팬을 잡고 있는데 계란 프라이가 프라이팬 바닥에 심하게 눌러붙어 있었다.

생방송 도중 일어나는 일은 도무지 예측할 수가 없다. 생방송이기 때문에 어떤 실수든지 매출에 바로 직접적인 영향을 끼치게 된다. 작은 실수로 말미암아 한 업체의 운명이 달라질 수도 있으므로 쇼호스트는 항상 신경을 곤두세우고 있어야 한다.

1995년 쇼호스트 초창기 시절, 주방용품 방송을 할 때였다. 방송될 상품은 프라이팬이었다. 당시는 중소기업에서 음식이 눌러붙지 않는 프라이팬이 봇물처럼 쏟아져 나올 때였다.

눌러붙지 않는 프라이팬을 가장 잘 보여줄 있는 시연 요리는 계란 프라이였다. 가장 간단한 요리이기도 했고 내가 자신 있게 할 수 있는 요리이기도 했다.

'그까짓 쯤이야!'

난 너무나 쉬워 집에서 따로 연습해볼 필요도 없다고 생각했다.

드디어 방송 당일, 부탄가스 불판 위에 방송 상품을 올려놓

았다. 불을 켜고 기름을 부어서 약간 달구어질 때를 기다려 계
란을 '톡' 터뜨렸다. 지글지글 익고 있는 맛있는 계란 프라이
가 줌인되어 텔레비전 모니터 화면 가득 잡혔다. 계란 흰자가
눈처럼 하얀 색상으로 익어가는 모습을 보면서 열심히 멘트를
했다.

"눌러붙지 않는 프라이팬만 있으면 모양이 예쁜 계란 프라
이 요리를 할 수 있습니다."

요즘에야 요리 시연을 할 때 전문 요리사가 해주지만 당시
에는 PC(Product Coordinator, 방송용 상품을 준비하고 디스
플레이까지 맡아서 해주는 스태프)가 전원을 켜주고 상품도 준
비해주었다. 그리고 나머지는 모두 쇼호스트의 몫이었다.

"자, 그러면 달라붙지 않고 아주 예쁘게 만들어진 계란을 제
가 접시에 옮겨보겠습니다."

카메라가 화면 가득하게 프라이팬을 잡고 있는 가운데 계란
프라이 흰자 밑으로 뒤지개를 넣었다. 앗! 그런데 이게 웬일인
가. 뒤지개가 들어가질 않는 것이었다. 이미 너무나 심하게 달
라붙어 있었다.

'아, 말을 너무 길게 했나? 어쩜담.'

당황한 나는 모니터를 힐끔 쳐다보았다. 이미 화면 가득히
계란밖에 보이질 않았다. 정말 울고 싶은 심정이었다. 억지로
뒤지개로 뒤집은 계란은 이미 바닥이 시커멓게 타고 눌러붙어

있었다. 스태프들 역시 난처한 표정으로 날 바라보고 있었다.

"눌러붙었네요. 제가 계란을 터뜨려놓고 너무 말을 많이 했나요? 아니면 프라이팬이 너무 많이 달궈져 있었을까요? 아니면 기름을 더 넣어야 했을까요?"

난 그렇게 말도 안 되는 말로 얼버무리며 상황을 수습하기 바빴다. 엉망이 되어버린 방송이 끝나고 나는 아주 참담한 심정이었다. PC가 방송 전에 미리 프라이팬을 달구어 놓았는데 내가 그걸 모르고 또 한참 불에 달구어 프라이팬이 지나치게 뜨거워졌던 모양이다. 게다가 계란을 터뜨려놓고 멘트를 너무 길게 한 탓도 있었다. 미리 확인하지 못한 내 잘못이 컸다.

"그게 정말 눌러붙는 프라이팬이 아닌데…."

난감한 표정으로 나에게 말씀하시는 업체 분에게 너무나 죄송했다.

그 일이 있은 후, 눌러붙지 않는 프라이팬을 두 번째로 방송하게 되었다. 계란 프라이 대신 고기를 구워서 보여주기로 했다. 이번에는 집에서 여러 번 시연 연습을 했다. 타지도 않고 눌러붙지도 않도록 굽는 방법을 수차례 연습했다.

방송 당일, 불에 살짝 달군 프라이팬에 한입 크기로 작게 썰어진 스테이크 쇠고기를 올렸다. 나는 집에서 연습한 기억을 더듬으면서 이번에는 완벽하게 잘 해보려고 했다. 고기가 살짝 잘 익었다고 생각한 난 뒤지개로 고기를 뒤집어 보였다. 완벽

했다. 두꺼운 고기는 프라이팬에 눌러붙지 않은 채 미끄러지듯
이 뒤집어졌다.

"자, 보셨죠. 눌러붙지 않는 모습을. 눌러붙지 않는 프라이
팬으로 스테이크 고기를 아주 맛있게 구울 수 있답니다. 자, 그
럼 맛있게 익은 고기를 제가 한번 맛볼게요."

나는 익혀진 고기를 젓가락으로 집어 입에 쏙 넣었다. 카메
라는 나의 얼굴을 크게 클로즈업했다. 화면 가득히 나의 둥근
얼굴만 가득 잡혔다. 그런데, 이런! 고기가 너무 뜨거웠다. 입
안에서 뜨거운 고기를 혀로 이리저리 굴리면서도 나는 무슨 말
이라도 해야 했다.

"호오. 막 익은 고기라 정말… 뜨겁네요… 호오… 겉이 살짝
익고 속은 부드럽고 아주 맛있게 잘 구워졌어요."

그런데 이어피스로 PD의 목소리가 들려왔다.

"유난희 씨, 모니터 보시고 입가 좀 닦으세요."

'아니, 이게 무슨 소리람. 뭐가 묻었나?'

멘트를 하면서 살짝 모니터를 쳐다보았다. 맙소사! 화면 가
득 잡힌 나의 얼굴 입술 끝에서 빨간 피가 흘러내리고 있었다.
마치 신선한 피를 막 빨아먹은 드라큘라처럼. 얼마나 엽기였을
까. 난 얼른 준비된 휴지를 들어 입가의 피를 닦았다.

혹시라도 고기를 센 불에 오래 두면 프라이팬에 또 눌러붙
을까봐 너무 노심초사했었나보다. 속이 아직 덜 익은 고기를

덥석 입에 넣고 너무 뜨거워 이리저리 굴리면서 멘트를 하다 보니 입가에는 어느새 톡 터진 살집 사이로 새어나온 핏물이 흘러내리고 있었던 것이다.

방송이 끝나고 업체 분은 무척 좋아하셨다. 매출도 좋았지만 피까지 흘렸던 나의 시연 모습이 너무나 리얼했다면서. 나도 기분이 좋았다. 비록 내 모습은 망가졌지만 지난 번 실수를 만회하고 업체 분에게 기쁨을 드렸기 때문이었다. ***

4. 선생님 덕분에 살았습니다

딸 같은 나에게 어렵게 존댓말로 말씀하시는 사장님의 모습이 안쓰러웠다.

의류 상품을 방송 하기 위해 회의를 하던 날이었다. 국내 유명 여성복 브랜드에 상품을 만들어 공급하는 하청업체였다. 그런데 유명 브랜드의 사정이 어려워지면서 만들어놓은 옷을 판매할 판로가 없어져 재고가 쌓이게 되었다고 한다. 공장 문을 닫을 판국이었다. 업체 사장님은 직원들에게 월급도 주지 못하고 있다고 했다. 그래서 한 번도 생각지도 못했던 홈쇼핑 문을 두드린 것이었다.

그날 상품전략회의를 하면서 기분이 매우 우울했다. 상황이 너무 어렵고 힘들어보이는 업체 사장님의 모습이 안쓰러웠기 때문이다.

"3,000여 장이 넘는 옷을 헐값으로라도 처분해서 그것으로 직원들 밀린 월급만이라도 줄 수 있다면 좋겠습니다. 공장 문은 닫아도 가족 같은 직원들에게 미안함이 덜하겠지요."

우리는 전략을 세웠다. 어떻게 하면 남아있는 옷을 모두 판매할 수 있을까? 일단 가격 자체가 저렴하게 책정되어서 걱정이 되지는 않았지만 그래도 손해보고 판매할 수는 없는 일이었다. 방송에서 소개할 준비 수량은 어떻게 할 것인지, 함께 출연할 게스트는 누구로 할 것인지, 방송에 필요한 모든 것에 대해 회의를 마쳤다. 난 회의가 끝난 후 의류 도매시장에 들러 가격 조사를 하고 다시 백화점에 들러 그 옷과 비슷한 옷들의 유행에 대해서 조사했다.

드디어 방송 당일. 메이크업을 마치고 상품 준비가 되어 있는 곳에서 소개할 옷을 하나하나 둘러보고 있는데 누군가 말을 걸어왔다. 업체 사장님이셨다.

"아, 사장님. 안녕하세요?"

"저기….."

사장님은 머뭇거리며 말씀을 잇지 못하셨다.

"무슨 하실 말씀이라도 있으세요? 사장님?"

한참 손을 만지작거리면서 망설이시더니 말씀하셨다.

"저, 많이 팔아주세요. 잘 부탁드립니다."

딸 같은 나에게 어렵게 존댓말로 말씀하시는 사장님의 모습이 안쓰러웠다.

"선생님, 잘 부탁드립니다. 잘 부탁드립니다."

몇 번을 부탁한다는 말씀을 하시는 사장님.

"네, 사장님. 열심히 할게요. 걱정 마세요."

난 웃으면서 사장님을 안심시키고 스튜디오로 들어갔다. 마이크와 이어피스를 착용하면서 많은 마음 고생을 하셨을 누추한 모습의 사장님이 떠올랐다.

'잘 나가야 할 텐데.'

나 역시 마음속으로 걱정이 되었다. 나의 매출 목표 달성을 위해서가 아니라 오로지 너무나 힘들어 보이시는 사장님의 모습이 눈에 아른거렸기 때문이었다.

그날 방송은 출연하는 게스트 없이 나 혼자 진행하는 방송이었다. 업체 사장님으로부터 들은 상품 정보와 며칠 간 공부하고 준비한 내용을 설명하고 가격이 얼마나 저렴한지에 대해서도 설명했다. 그리고 이렇게 저렴한 가격으로 판매할 수 있는 이유는 유명 브랜드에 공급하지 못하고 창고에 쌓여 있는 상품이기 때문이라고 솔직하게 말했다.

가격이 저렴해서인지 설명이 좋았던 것인지 그날 반응은 폭발적이었다. 순식간에 3,000장 넘는 옷들이 모두 매진되었다.

그렇게 기분이 좋을 수가 없었다. 스태프들에게 수고했다는 인사를 마치고 스튜디오 문을 나오는데 업체 사장님이 기다렸다는 듯이 나에게 다가와 90도보다 더 낮은 각도로 절을 하시는 것이었다.

"고맙습니다. 선생님, 고맙습니다. 정말 고맙습니다. 선생님 덕분에 살았습니다."

감사하다는 말씀을 수없이 되풀이하면서 연신 허리를 굽히시는 것이었다.

눈물을 글썽거리고 계셨다. 나 역시 콧날이 시큰해오면서 눈물이 핑 돌았다.

"아유, 사장님, 그만 인사하세요. 가격이 저렴하니까 판매가 잘 되었네요."

"아닙니다. 정말 감사합니다. 선생님 덕분에 정말 걱정했던 저 많은 옷들을 모두 팔았습니다. 정말 감사합니다."

많은 사람들이 있는 가운데 아버지뻘 되는 분께서 젊은 나에게 허리 굽혀 인사를 얼마나 많이 하시던지. 난 몸둘 바를 몰랐다. 사장님의 눈에 고인 눈물이 그 동안의 마음 고생을 말해주는 것 같아 나 역시 가슴이 뭉클했다.

"별 말씀을요, 정말 다행입니다. 사장님이 좋아하시니까 저도 정말 기쁩니다. 판매가 안되면 어떡하나 걱정했거든요. 다행입니다, 사장님."

담당 MD도 내려와 수고했다고 인사했다.

뒷마무리를 위해 분장실로 향하면서 얼마나 마음이 뿌듯했는지 모른다. 나의 목표 매출을 달성해서가 아니었다. 담당 MD나 PD로부터 수고했다는 인사를 받아서도 아니었다. 너무나 힘들어보였던, 그야말로 이 옷이 판매되지 않으면 죽을 수도 있다는 위기에 놓여있던 업체 사장님의 힘든 얼굴 가득히 담겨 있던 눈물 때문이었다. 나의 작은 힘이 업체에 도움이 되었다는 생각. 나에게 누군가를 살릴 수 있는 힘이 있다는 생각. 바로 그런 이유 때문이었다.

그때까지 난 쇼호스트는 시청자에게 상품만 판매하는 사람이라고 생각했는지도 모른다. 그런데 그날 새롭게 깨달았다. 쇼호스트는 쓰러져가는 회사와 회사에서 일하는 많은 직원들을 살릴 수도 있는 사람이라는 것을. 그날 방송처럼 그렇게 마음이 뿌듯한 적은 없었다. ***

5. 쇼호스트가 배송도 하나요?

발렌타인데이에 쇼호스트가 직접 배송하는 이벤트를 했다. 고객을 직접 만난다는 사실에 기분이 좋았다.

2000년 2월쯤으로 기억된다. 나는 당시 모 디자이너의 의류 방송 사전 전략회의를 하고 있었다. 늘 똑같은 상품, 늘 똑같은 무대, 뭔가 특별한 이벤트가 없을까 고민을 하면서 미팅을 했다.

마침 방송 날짜는 2월 14일 발렌타인데이였다. 업체 분들과 담당 MD, PD 그리고 난 발렌타인데이 이벤트를 통해 재미있는 방송을 하자고 의견을 모았다. 발렌타인데이에 옷을 구입하신 고객 중 추첨을 통해 장미 100송이 꽃바구니를 드리자는 아이디어가 나왔다. 그리고 샴페인이나 와인 한 병도 곁들이자는 의견도 나왔다. 계속 아이디어를 찾던 중, 아예 상품을 디자이너와 쇼호스트가 함께 배송하자는 의견이 나왔다. 모두들 "와아. 괜찮겠다!"라며 환성을 질렀다.

담당 PD가 나에게 직접 배송 나가는 것이 괜찮겠냐고 물었다. 나는 좋다고 했고 디자이너도 찬성했다. 그렇게 만장일치로 결정되었다.

우리는 총 3명을 추첨해서 선물하기로 했다. 그날 방송은 특별한 이벤트가 있어서인지 재미있게 진행되었다. 방송이 끝나기 전에 행운의 주인공도 추첨 발표했다.

다음날 우리는 아침 일찍 서둘러 출발했다. 상품을 주문해놓고 나면 빨리 받고 싶은 심정은 누구나 똑같기 때문에 최대한 빨리 가야만 했다. 아주 멋진 100송이의 장미 바구니와 와인 한 병. 그리고 고객 분이 구입한 원피스를 가지고 갔다. 난 고객을 직접 만난다는 생각에 설레었다.

기분 좋게 고속도로를 달려 도착한 첫 방문 지역은 충청도였다. 우리는 주문센터로부터 받은 주소지를 찾아갔다. 그런데 난관에 부딪혔다. 동네는 쉽게 찾았는데 정작 주소지의 집은 찾을 수가 없었다. 번지수가 엉망이어서 도대체 찾기가 막막했다. 갑자기 택배하시는 분들의 수고로움이 떠올랐다.

'아! 도대체 그 분들은 어떻게 집집을 찾아다니면서 배송을 할까?'

파출소에 들어가 물어봐도 잘 모른다고 했다. 1시간 정도를 헤매다가 부동산 중개소로 들어가 물어보았더니 그 주소지는 동네에서 한참 떨어진 곳이라고 했다. 우리는 다시 물어물어 마침내 집을 찾아냈다.

우리가 찾아간 집은 상가 건물 4층이었다. 초인종을 눌렀으

나 아무도 없었다. 전화를 걸었더니 지금은 출타 중이라며 잠시만 기다려달라고 하셨다. 우리는 대문 앞에서 마냥 기다렸다. 30분 쯤 지났을까. 40대로 보이는 아주머니가 들어오셨다. 기다리게 해서 너무 죄송하다며, 먼 길까지 오느라 고생하셨다며 반가워 어찌할 바를 모르셨다.

우리는 준비해간 빨간 장미 100송이와 와인, 그리고 고객분이 주문한 옷을 건네드릴 수 있었다.

"우리 남편이 선물해줬어요. 마침 함께 방송을 보다가 결혼기념일 때 뭐 제대로 하나 해준 것이 없다고 하더니 주문하더라고요. 아이고, 남편 선물 받는 것만으로도 좋았는데 이게 웬일이래요. 정말 좋네요. 감사해요."

어찌나 행복해하시던지 주소를 못 찾아 헤맸던 피로감이 모두 사라져버렸다.

우리는 서둘러 다음 고객의 집으로 향했다. 나머지 두 곳은 서울에 있었다. 한 곳은 쉽게 찾을 수 있었다. 장애인 아들을 키우고 있는 30대 후반의 어머니였다. 아주머니는 연신 옷이 예쁘다고, 장미 바구니가 정말 아름답다며 기뻐하셨다. 장애인 아들을 키우며 마음 고생이 크실 그 고객 분의 환한 미소를 보면서 얼마나 행복했는지 모른다.

세 번째 집은 상가 건물 지하였다. 조그마한 가게를 운영하는 젊은 20대 후반의 여성이었다. 본인이 입을 옷이 아니라 동생을 위해 산 것인데, 이런 행운이 함께 올 줄 몰랐다며 행복해하는 그녀의 모습이 아름다웠다. 벌써 해가 지고 어두워진 늦은 시간이라 우리는 가볍게 인사를 나누고 뒤돌아 나왔다.

하루 종일 지방으로 서울 곳곳으로 1일 배송을 한 디자이너 선생님과 난, 비록 몸은 힘들었지만 마음은 그 어느 때보다도 즐겁고 행복했다. 그날 만났던 모든 고객 한분 한분의 소중함도 느꼈다. 스튜디오에서 그냥 상품을 소개하고 전달할 때와는 또 다른 느낌이었다.

그날 우리는 장애인 아들을 행복하고 즐거운 마음으로 키우시던 아주머니에 대해서 오랫동안 이야기했다. 물론 다른 두 분 고객의 사연도 아름다웠지만 나나 디자이너 선생님 모두 자식을 키우는 엄마의 입장에서 그분의 처지가 가슴 아팠기 때문이다.

다음 그 디자이너 의류 방송이 있던 날, 우리는 그날 직접 배송 나갔던 사연을 짧게 소개했다. 그리고 디자이너는 그날 방송된 상품 수익금의 일부를 장애인 아들을 키우고 계시는 그 아주머니께 드리겠노라고 말씀하셨다.

쇼호스트로서 늘 상품을 판매하지만 고객을 직접 만날 수 있는 기회는 그리 많지 않다. 그래서 그날의 경험이 더욱 소중하게 느껴졌다. 상품을 받으며 기뻐하는 그 분들의 밝은 모습을 보면서 내 일이 얼마나 가치 있는 일인지, 얼마나 소중한 일인지 다시금 확인할 수 있었다. ***

6. 진실은 시청자의 마음을 움직인다

지금은 고정으로 진행하는 전담 상품이 있지만 입사 초창기
인 1995년에는 나도 상품의 종류를 가리지 않고 방송을 했다.
나는 당시 보석 방송을 많이 했다.

보석은 화면으로 보면 훨씬 커 보이고 조명 때문에 더욱 광
채가 나서 예뻐 보이는 것이 사실이다. 당시에는 보석 사이즈
도 그저 화면에 수치를 표기해주는 정도로 끝났다. 그러다보니
화면에 보이는 것만 믿고 구입했다가 실망하는 고객들이 종종
있었다.

나는 보석의 사이즈 문제 때문에 많은 고민을 했다. 어느 날
보석 상품 방송을 준비하느라 관련 서적을 보면서 공부하고 감
성 멘트를 준비하고 있는데 문득 사이즈를 좀더 사실적으로 보
여주어야겠다는 생각이 들었다. 직접 수치를 재어서 시청자에
게 보여주기 위해 동네 문방구에서 철로 만들어진 15cm 길이
의 자를 구입했다.

그리고 방송 날, 난 나의 손가락에 끼워진 반지를 카메라가 클로즈업해 화면 가득 보이게 잡았을 때 자를 가까이 가져다 대었다. 이전까지 커보였던 반지에 자를 들이댄 순간, 지름이 0.5cm 정도인 보석 알의 사이즈가 정확하게 보였다. 33인치의 큰 화면으로 방송을 지켜보던 사람들은 아마도 '애개!' 하는 소리를 냈을 것 같다. 반지 알의 크기가 자에 그려진 눈금만큼이나 엄청 작게 보였으니까.

난 그렇게 보석의 사이즈를 직접 재어서 보여주었다. 당시에는 어느 홈쇼핑에서도 그렇게 자를 직접 보석에 가져다대면서 보여주는 쇼호스트가 없었다. 처음 있는 일이었고 획기적인 일이었다. 난 한 개 덜 판매하더라도 그렇게 화면으로 실감나게 사이즈를 보여주어야 한다고 생각했던 것이다.

윗분들은 나의 그런 행동을 좋아하지 않으셨다. 화면에 보이는 보석의 사이즈가 너무 적나라하게 보여서 판매에 지장이 생길까 걱정되었기 때문이었다. 윗분들은 나에게 경고했다. 반지나 귀고리 알의 사이즈가 작은 경우에는 자를 대지 말라고. 하지만 난 경고를 무시했다. 시청자 편에 서야 한다고 생각했기 때문이었다.

회사에서 보석에 자를 가져다대지 말라는 경고를 했음에도 불구하고 보석에 자를 대는 방송이 수차례 반복되자, 회사에서는 차라리 제대로 만들어진 보석 전용자를 가지고 방송을 하라는 전갈을 보내왔다. 그래서 난 보석 전용자를 사용해 사이즈를 보여주었다.

그러나 상품을 너무 솔직하게 보여주는 나의 방송이 윗분들 눈에 곱게 보이지지 않았던지 얼마 뒤부터 나는 한동안 보석 방송에 캐스팅되질 못했다. 하지만 아이러니하게도 다른 쇼호스트가 보석 방송을 진행하는데 고객 모니터에서 자로 보석의 사이즈를 직접 재어서 보여 달라는 요청이 들어왔다고 한다. 왜 자로 사이즈를 재어서 보여주지 않느냐고 따지는 시청자도 있었다고 한다.

결국 다시 화면에 자가 등장하게 되었고 사이즈를 재어서 화면에 보여주는 것이 지금은 당연한 것으로 여겨지고 있다.

홈쇼핑 방송을 하다보면 직접 눈으로 볼 수 없고 화면으로만 상품을 보기 때문에 실제보다 조금 과장되게 표현되는 경우가 있다. 문제는 화면에 보이는 과장된 모습만 믿고 상품을 구입한 고객이 느낄 실망감이다. 나는 진실한 것보다 더 사람의 마음을 움직이는 것은 없다고 생각한다. 그래서 나의 방송도 언제나 진실한 방송이 되도록 노력하고 있다. ***

7. 필요 없으면 사지 마십시오!

하루 이틀 방송하고 말 것도 아닌데 판매에만 급급한 방송을 하고 싶지는 않았다.

난 방송을 하면서 시청자들에게 '사지 마십시오.'라는 멘트를 종종 한다. 물론 나도 초년병 시절에는 "이 옷은 20대부터 60대까지 어울립니다."와 같은 멘트를 많이 했다. 하지만 판매에만 급급한 멘트가 얼마나 말도 안 되는 멘트인지 깨달은 다음부터는 더 이상 무의미한 멘트를 하지 않게 되었다.

구입하지 말라는 멘트는 주문 콜을 떨어뜨리는 요인이 되니까 주어진 매출 목표를 시간 내에 달성해야 하는 입장에서는 절대 해서는 안 되는 멘트이다. 나 역시 매출 목표를 달성하겠다는 욕심이 앞선다면 당연히 그런 멘트를 하지 않았을 것이다. 하지만 난 그렇게 판매에만 목을 매고 싶진 않았다. 그보다는 소비자들로부터 신뢰를 얻는 것이 더 중요했다.

처음 그 멘트를 했을 때는 여름이었고 상품은 마 소재의 여름 재킷이었다. 통기성 좋고 촉감도 좋은 마 소재는 한여름에 시원하게 입기에 좋은 최적의 소재였다. 하지만 마 소재는 구김 때문에 상당히 신경 쓰이는 소재이기도 했다. 그 사실을 누구나 알고 있는데 판매할 옷을 두고 구김이 가지 않는다는 말을 할 수는 없었다. 그래서 이렇게 멘트했다.

"이 소재는 말씀드린 것처럼 마로 만들어졌습니다. 물론 더운 여름에는 더할 나위 없이 시원하게 입을 수 있습니다. 하지만 만약 구김이 싫은 분이시라면, 이 옷을 구입하시면 안 됩니다. 왜냐하면 아무리 빳빳하게 다려도 마 소재는 입다보면 당연히 구김이 가거든요. 구김이 가더라도 시원한 옷이 좋다는 분들께만 이 옷을 권해드리고 싶습니다."

이런 일도 있었다. '유난희의 명품 갤러리' 라는 프로그램에서 고가의 수입 핸드백을 판매할 때였다. 나는 명품 방송에서 고가의 수입 브랜드들을 많이 소개하지만 자신의 분수에 넘치게 무리해서 구입하는 것은 반대한다. 그날 명품 방송에서 이렇게 멘트를 했다.

"브라운 컬러의 페이즐리 무늬가 신비로우면서도 묘한 분위기를 연출하는 핸드백입니다. 하지만 가격이 50만 원이 넘습니다. 아무리 마음에 들더라도 여유가 넉넉하지 않으신 20대 여성분들은 그냥 눈요기로만 보시는 것도 좋을 것 같습니다. 만약 이 브랜드가 정말 마음에 드신다면 저희가 다음에 10만 원대로 젊은 분들이 들면 예뻐 보일 같은 브랜드의 다른 핸드백도 준비할 예정이니 그때 시청하신 후 구입하시면 좋을 것 같네요."라고.

옷에 있어서는 사람마다 특유의 취향이 있게 마련이다. 어느 날 디자이너 의류 방송을 하면서 이렇게 멘트했다. 허리에 엘라스틱 밴드가 부착된 울패딩 옷이었다.

"이 옷은 아직 우리나라에서 보편적이지는 않은 엘라스틱 밴드가 뒤 허리 부분에 부착되어 있는 패딩 코트입니다. 만약 코트에 벨트를 연출하는 옷을 싫어하는 분이시라면 이 옷을 구입하시면 안 됩니다."라고.

선글라스를 판매할 때는 누구에게나 어울리는 디자인이 아니라 둥근 디자인이기 때문에 얼굴이 둥근 사람에게는 어울리지 않는다고 멘트를 해준다. 그리고 사각형의 각진 선글라스라면 각이 진 얼굴에는 어울리지 않는다고 얘기를 해준다. 누구에게나 보편적으로 어울리는 디자인이라는 것은 흔하지 않기 때문이다.

"이 재킷은 특히 키가 작으시다면 권해드리고 싶지 않습니다."

"이 신발은 50대 이상의 연세가 높은 분들께만 추천해드리겠습니다."

"이 신발은 비가 내리는 날에는 신지 마십시오."

"이 옷은 상당히 고가입니다. 쉽게 판단하지 마시고 심사숙고하세요. 상담원과 충분히 상담하시길 바랍니다."

실제로 난 고가의 모피 의류를 방송하면서 이런 멘트를 했다.

"모피 의류가 절대 가격이 싼 옷은 아닙니다. 하지만 고민하고 고민한 후에 구입한 만큼 오래 입는 옷이긴 하죠. 지금 시간이 3분밖에 남지 않았다고 화면에 보입니다. 하지만 신경쓰지 마세요. 상담원과 충분히 상의하시고 결정하세요. 그래야 후회하질 않습니다."

그리고나서 곧 준비된 수량이 모두 매진되어 버렸다. 그때 난 이런 멘트를 했다.

"네, 오늘 준비된 모피 의류는 모두 매진됐습니다. 하지만 구입할까 말까 고민하다가 놓치신 분들, 너무 안타까워하지 마세요. 지금 결정을 내리기 힘들었다면 지금 구입 안 하신 것이 좋습니다. 괜히 급한 마음에 구입하셨다가 나중에 반품하시는 것보단 한번 더 생각을 해보시는 것이 좋지요. 다음에 또 구입하실 기회가 있으니까 더 많이 생각해보시고요. 나중에 기회 있을 때 그때 구입하셔도 늦지 않습니다."

물론 구입하지 말라는 멘트를 할 때마다 주위로부터는 좋지 않은 소리를 많이 들었다. 어느 날은 PD로부터도 구박을 받기도 했다.

내가 처음으로 구입하지 말라는 멘트를 하고 난 후 백화점에서 만난 어느 고객 분이 내 손을 잡고 이런 말을 했었다.

"그때 유난희 씨가 구입하지 말라고 하셨잖아요? 제가 그 말 듣고 안 샀거든요. 지나고 나서 생각해보니까 꼭 필요했던 것은 아닌데 유난희 씨가 말씀을 워낙 잘 하셔서 사고 싶어졌었어요. 그런데 구입하지 말라는 그 말에 안 샀죠. 나중에는 안 사길 잘했다는 생각이 들었어요. 정말 유난희 씨라면 믿을 수 있어요."

홈쇼핑 사장님이 들으시면 고객 한 분을 놓쳐서 안타까워하실 일이겠지만 난 정말 날아갈 듯이 기분 좋았다. 나의 말을 듣고 믿어줄 평생의 고객을 만났기 때문이다. 하루 이틀 방송하고 말 것도 아닌데 판매에만 급급한 방송을 하고 싶지는 않았다.

시청자들에게는 나에 대한 신뢰를 심어주어야 한다. 정확하고 솔직한 정보, 그것보다 더 중요한 것은 없다고 생각했다. 경력이 쌓여가면서 난 점점 대담하고 솔직하게 방송을 하게 되었다. 누군가 나에게 유난희 씨는 고단수의 판매 방식을 구사한다고 했다. 그것은 결코 싫지만은 않은 소리였다. ***

8. 하늘이 무너져도 방송은 한다

몸이 쓰러질 듯 아프다가도 카메라에 ON AIR 불이 들어오면 난 언제 아팠냐는 듯 활짝 미소를 지으며 생기를 되찾았다.

LG홈쇼핑에서 장식품 방송을 하던 일요일 늦은 밤이었다. 방송을 하는 사람들 대부분이 그렇지만 나 역시 불규칙한 식사로 인해 위장이 좋지 않은 편이었다. 게다가 가끔씩 신경성 위경련도 찾아왔다.

저녁 무렵에 방송을 위해 출근을 했다. 이미 1시간 전에 스태프 회의를 마친 H PD가 출근한 나에게 말했다.

"언니, 제가 아까 집에서 샤워를 하고 나오다 넘어져서 욕조에 갈비뼈를 부딪혔어요. 너무 아파서 방송 사인을 제대로 줄 수 있을지 모르겠네요."

나는 놀라 병원에 가야 되지 않겠냐고 했지만, H PD는 일단 방송을 해야 하니까 출근을 했다면서 계속 아프면 내일 병원에 가보겠다고 했다. 그러면서 그녀는 허리를 부여잡고 스튜디오로 방송을 준비하기 위해 들어갔다. 드디어 방송 ON AIR 불이 켜졌다.

방송이 시작되었다. 그런데 이게 웬일인가. 상품 설명을 한참 하고 있는데 갑자기 내 위가 꼬이면서 배에 강렬한 통증이 몰려오기 시작했다. 아마도 담당 PD가 많이 아프다는 것에 예민한 나의 신경이 반응을 일으킨 것 같았다.

위경련을 당해 본 사람은 알겠지만 배를 똑바로 펼 수가 없다. 달팽이처럼 앞으로 구부린 자세가 나올 수밖에 없다. 그런데 그날의 장식품 방송은 나의 전신을 다 보이며 서서 하는 방송이었다. 배는 미칠 듯이 아팠지만 무조건 방송이 끝날 때까지 참아야만 했다.

상품을 설명할 때는 최대한 배를 펴고 전혀 아무렇지 않은 듯이 얼굴에 미소를 지었다. 그리고 카메라가 모델 쪽으로 넘어가면 난 바닥에 쪼그리고 앉아 있었다. 얼굴에서는 어느새 식은땀이 흘렀다.

PC가 나에게 와서 왜 그러냐며 물었다. 난 배가 아프다고 말했다. 그가 괜찮냐고 여러 번 물어도 난 괜찮다고만 했다. 방법이 없지 않은가. 그리고 다시 상품 설명에 들어가야 할 때는 일어나 웃으면서 아무렇지 않은 듯이 방송을 했다. 그런데 위경련 통증은 숨길 수 없는 아픔이다. 머릿속이 하얘지면서 내가 제대로 멘트를 하고 있는 것인지 판단조차 할 수 없었다.

1시간이라는 시간이 마치 10시간처럼 길게 느껴졌던 그날, 몸이 아픈 PD와 내가 진행한 그 프로그램은 매우 낮은 매출을 기록했다. 방송이 끝나고 집에 돌아와 위경련 약을 먹고도 진정되지 않았다. 나는 배를 움켜잡은 채 밤새 울어야 했다. 나와 함께 방송한 H PD는 다음날 병원에서 갈비뼈가 부러졌다는 진단을 받고 입원했다.

며칠 뒤 상무님이 주재하는 제작회의가 열렸다. 그 회의는 매출 목표를 달성하지 못한 부진 프로그램에 대한 발표와 분석을 하는 회의였다. 상무님은 웃으면서 말씀하셨다.

"한 사람은 갈비뼈가 부러지고 한 사람은 위경련이 나고. 두 병자가 방송했으니 이해를 해줘야 하는 건가?"

그 자리에 있던 한 후배는 날 쳐다보며 이해할 수 없다는 듯 말했다.

"아니, 선배! H PD도 그렇고 선배도 그렇고 둘 다 대단하다! 그런 몸으로 어떻게 방송을 해? 나 위경련으로 아파봐서 아는데 어떻게 방송을 했어요?"

이와 비슷한 일이 몇 번 있었지만 가장 기억에 남는 일은 현대홈쇼핑에서의 일이다. 수요일 '클럽 노블레스 위드 유난희'라는 명품 방송이 있는 날 새벽이었다. 새벽 내내 구토하고 설사하기를 수십 번, 아침에는 거의 시체처럼 침대에서 일어나질 못했다. 머리도 아프고 온몸이 마치 얻어맞은 것처럼 무거웠다. 생방송이 있으니 낮 12시까지 출근해야 하는데 도대체 누가 날 일으켜 세워주지 않는 한 일어날 수 없을 정도로 아픈 몸이었다. 마음 같아서는 방송을 할 수 없다고 말하고 싶었다. 하지만 나의 이름을 걸고 하는 방송이었다. 그리고 생방송이었다. 나를 기다리는 시청자가 있다는 생각을 하면서도 정말이지 그때처럼 일이 싫었던 순간도 없었다.

10년 넘게 함께 살면서 아프다는 이유로 방송하지 않을 성격의 아내가 아니라는 걸 아는 남편은 주사를 맞고 출근하라는 말을 했다. 그런데 병원에 갈 힘도 없었다. 침대에서 화장실로, 다시 침대로 오가면서 어느덧 오전 10시가 다 되었다. 12시까지 출근하려면 지금 일어나서 준비를 해야 했다. 억지로 일어나 방송 준비를 했다. 병원에 갈 시간은 없어서 대신 동네 약국에 가서 진통제와 지사제를 먹었다. 그러나 방송에 들어가기 전까지도 통증은 가시질 않았다.

드디어 방송 시간이 다가왔다. 난 혹시라도 방송 중에 설사라도 있으면 어떡하나 불안한 마음에 지사제를 2시간 간격으로 모두 4알이나 먹어버렸다. 그리고 스튜디오에 들어가 마이크를 착용하고 이어피스를 착용했는데 몸 상태는 영 좋질 않았다. 담당 PD도 걱정이 태산이었다.

그런데 갑자기 다시 설사 기운이 느껴졌다. 시계를 보니 방송이 7분밖에 남지 않았다. 난 급하게 마이크를 풀고 화장실을 다녀왔다. 어느덧 방송 4분 전.

난 긴장된 마음으로 방송에 들어갔다. 어떻게 90분의 방송을 끝냈는지 모를 정도로 힘들었다. 상품이 바뀔 때마다 옷을 갈아입는데 코디도 내 안색을 보고 괜찮겠냐며 많은 걱정을 했다. 방송이 끝나자 너무 긴장한 탓인지 몸이 더 아파오더니 이윽고 온몸이 추워지기 시작했다. 그날 밤 난 집에 돌아와 링거를 맞아야 했다. 그리고 다음날 밤 12시까지 일어나지 못하고 앓아누웠다.

그날 함께 방송하면서 나의 그런 모습을 옆에서 지켜본 어느 모델이 나에게 말했다.

"언니, 정말 프로다."

난 그것이 방송인의 자세고 의무라고 생각한다. 진행자는 방송을 이끌어갈 책임이 있는 사람이다.

그런데 사람이다 보니 어쩔 수 없이 아픈 날이 있다. 하지만 그렇게 몸이 쓰러질 듯 아프다가도 카메라에 ON AIR 불이 들어오면 난 언제 아팠냐는 듯 활짝 미소를 지으면서 생기가 돌기 시작한다. 마치 신들린 사람처럼. 시들어가는 풀이 밝은 햇살과 시원한 봄비를 맞아 생기있게 다시 피어나는 것처럼 난 그렇게 신들린 듯이 살아난다. 사람들은 이런 날보고 좀 전까지 꾀병이 아니었나 생각할 정도다. 아마 내가 방송 일을, 쇼호스트 일을 정말 좋아하기 때문인 것 같다. 아프고 힘들어도 방송에 들어간다면 아픔을 잊을 수 있다. 그래서 난 이 일을 오래 할 것 같다. ***

9. 매출에 웃고, 매출에 울고

여러 차례 대박을 터뜨린 나도 최악의 매출을 기록한 적이 있었다.

무엇을 하든 난 100% 나의 열정을 쏟으려고 노력했다. 물론 그렇게 노력했는데도 불구하고 결과는 90%밖에 이루지 못한 적도 있지만 110% 이룬 적도 있었다. 난 그렇게 생각한다. 무엇이든지 100%하려고 노력하면 50% 되는 법은 없다고. 적어도 80~90%는 이루어진다고 믿는다. 그래서 방송에 들어갈 때마다 매출이 어떻게 나올까 걱정하면서도 맘속으로는 100% 나의 열정과 노력을 쏟아보자고 다짐한다. 그러면 방송 후 매출이 좋지 않더라도 큰 후회는 없다.

나는 방송에서 여러 차례 대박을 터뜨렸다. 특히 1996년 보석 매출, 1999년 의류 매출, 2004년 명품 매출에서 홈쇼핑 매출 신기록을 기록한 바 있다. 그런 나에게도 최악의 매출이 있었으니 30분 방송 동안 어린이용 책상용품 세트를 단 2세트 판매한 것이었다.

방송 들어가기 전 사전 전략회의를 할 때부터 나는 그 상품에 대해서 회의적이었다. 일단 홈쇼핑에서 판매되는 다른 브랜드의 책상용품에 비해 비싸다는 생각이 들었다. 그리고 다른 브랜드는 사은품도 있는데 이 상품은 사은품에도 인색했다. 그렇다고 해서 신학기 시즌도 아니었다.

담당 PD와 난 업체에 가격을 좀 낮춰줄 것을 요구했다. 그런데 업체에서 안 된다고 했다. 그렇다면 15만 원이 넘는 책상용 의자의 가격이라도 내려달라고 했다. 역시 안 된다고 했다. 사은품을 부탁해도 마찬가지였다.

그 업체는 일명 낙하산 업체였다. 홈쇼핑 회사의 어떤 높으신 윗분의 배경을 업고 홈쇼핑 방송에 처음 들어오는 업체였다. 무슨 배경인지는 몰라도 책정한 가격을 조정하지 않겠다는 의사를 밝혔다. 한참 실랑이를 벌였지만 안 되었다. 할 수 없이 담당 PD와 난 솔직히 매출에 대해서는 기대를 하지 않고 방송에 들어갔다. 소비자 입장에서 보면 전혀 유익한 조건이 없는 상품이었기 때문이다.

방송에 들어가고 나서 15분이 지났을 무렵, 정상적이라면 분당 1백만 원으로 최소 1천 5백만 원어치는 판매가 되어야 했다. 그러니까 25개 정도는 판매가 되었어야 하는 것이다. 그런데 이어피스를 통해 PD의 목소리가 들려왔다.

"한 개도 안 나갔어요."

순간 맥이 탁 풀렸다. 15분 간 상품에 대해서 설명을 했건만

한 개도 판매가 되지 않았다니. 물론 나 역시도 판매가 좋을 거라고 기대한 것은 아니지만 이건 너무 심한 상황이었다.

"아무래도 방송 시간 잘릴 것 같아요."

PD의 맥 빠진 목소리가 들려왔다. 20분이 지나고 25분이 지나고 화면에 남은 시간이 떴다. 10분! 더 이상의 매출을 기대하지 않기 때문에 시간이 잘린 것이다. 사실 이런 식이라면 30분도 무리였다. PD는 마음 같아서는 더 빨리 그 방송을 접고 싶지만 윗분의 부탁이 있어서 그러지 못한다고 했다.

그래도 다행히 방송이 거의 끝나갈 무렵 한 개가 판매되고 추가로 한 개의 주문이 더 들어왔다. 그렇게 방송은 끝났다.

"구입해준 두 분의 시청자가 너무 감사하고 고마운 분들이네요."

우리는 서로를 격려하며 스튜디오 문을 나섰다. 밖에는 업체 분들이 기다리고 있다가 방송이 끝나자 상품을 철수하러 스튜디오로 들어갔다.

"유난희가 팔면 잘 나간다며? 그것도 아니네 뭐. 근데 저 사람이 뭘 잘 판다고 그러는 거야?"

스튜디오로 들어가면서 그들이 주고받는 대화가 내 귀에 들렸다.

'네. 맞아요. 무슨 상품이든지 다 잘 파는 것은 아니죠.'

난 씁쓸하게 웃으며 속으로 대답했다. 쇼호스트가 상품에 대해 자신감 대신 회의를 품고 방송에 들어가게 되면 확실히 매출이 잘 나오질 않는다.

지금까지 홈쇼핑 방송을 진행해 오면서 그날의 기록은 나의 전무후무한 최악의 기록으로 남아 있다. 그렇지만 원인이 없는 결과는 아니었다. 홈쇼핑 방송은 시중에서 상품을 판매하는 것과는 많이 다르다. 홈쇼핑 방송만의 장점을 잘 살리지 못할 경우 높은 효과를 기대하기는 어렵다. ***

에필로그

"당신은 498, 그리고 너희들은 256, 377 하나씩 외워. 498, 256, 377 알았지? 그리고 나는 520!"

무슨 암호가 아니다. 이것은 상품 가격이다.

매장을 나오자마자 나는 곧장 메모지를 꺼내 내가 본 상품의 이미지를 그리고 남편과 아이들이 외운 숫자를 말하게 한다.

'498달러, 256달러, 377달러, 520달러.'

가족들과 해외 여행을 갈 때도 틈만 나면 시장 조사를 한다. 주로 해외 유명 브랜드 상품을 많이 진행하다보니 면세점에서 내가 진행하는 브랜드를 접하게 되면 가격 조사부터 한다. 그런데 매장에서 종이를 꺼내 가격을 메모하기 민망하니까 가족들에게 가격을 하나씩 외우게 하는 것이다. 내가 생각해도 참 극성스럽다. 하지만 이런 열정이 있었기에 오늘의 내가 있는 것이 아닐까.

외국으로 출장가서도 놀아본 적이 없다. 하루하루가 귀하고 소중한 경험이기 때문이다.

특히 박람회장에 출장가는 날이면 난 몇 층의 박람회장이

건, 부스가 몇 개이건 간에 하나도 빠뜨리지 않고 돌아다니면서 MD와 이야기를 나누고 공부한다. 어떤 상품들이 트렌드로 나와 있는지 살피면서 말이다. 박람회장에서 얻을 수 있는 팸플릿을 챙기고 국내에서 구하기 힘든 관련 서적을 구입하느라고 정신이 없다. 그래서 출장을 마치고 돌아오는 나의 트렁크 가방에는 쇼핑한 아이템은 없고 온통 팸플릿과 책뿐이다. 이런 나를 보고 같이 간 스태프들도 혀를 내두른다.

이것이 내 모습이다. 이제 내 나이도 어느덧 마흔을 넘어버렸다. 자기 얼굴에 책임을 져야한다는 불혹의 나이, 그러나 달라지는 것은 없다. 쇼호스트 유난희의 40대도 여전히 이런 모습일 테니까 말이다.

난 비 내리는 날을 무척 좋아한다. 비 내리는 날은 나의 로맨틱한 감성이 꿈틀거리고 살아나 매일 날 힘들게 하는 차가운 이성을 마비시키기 때문이다.

나 자신과의 치열한 싸움에서 잊고 살았던 사람들도 하나둘씩 빗물에 생각나고 용서할 수 없었던 나 자신의 미약한 부분들도 따뜻하게 보듬어지기 때문이다. 이 책을 쓰는 동안 비 내리는 날이 별로 없어서 어쩌면 나에게는 다행이었는지도 모른다.

이 책의 끝부분을 마무리해 출판사에 넘긴 후 오랜만에 한가롭게 카페에 앉아 지인을 기다리며 책을 읽던 날, 비가 내리고 있었다. 10년의 홈쇼핑 방송 세월을 반추하면서, 아니 그보다 더 오래 전 20대 젊은 나의 청춘 시절부터 반추하면서 참 많은 생각을 했다.

힘들었지만 가장 그리운 20대 시절을 생각하고, 30대 주부로 가정과 일을 병행하면서 부딪힌 수많은 고비들을 잘 견뎌온 나에게 어쩌면 지금까지의 모든 과정은 이제 시작에 불과할 뿐이라는 생각이 들었다.

난 일에 대해서는 만족을 못하는 성격이다. 이런 날 사람들은 욕심이 많다고 말한다. 그러나 어떤 결과를 찾기 위해서가 아니다. 그냥 매일매일 내가 하는 일 모두가 완벽하지 못하다는 생각을 하기 때문이다. 그러다보니 또 내일을 준비하고 다시 내일을 준비하는 일상의 반복이 계속된다. 그래서 이제 나의 40대는 어쩌면 지금보다 더 힘들고 재미있는 일이 많이 생기지 않을까 기대된다.

20대보다 30대에 더 좋아진 만큼 30대보다 40대는 더 멋있어져야 할 것 같다. 마흔에도 난 다시 시작할 수 있다. 이런 나 자신에게 도전장을 내밀었다. 그리고 40대 이후의 내 모습을 기분 좋게 그려보았다. 이제 또 다른 시작의 출발선에 서 있다는 생각이 날 자극하고 흥분케 한다.

지금부터 다시 시작이다. 나의 40대는 새로운 의미의 20대인 것이다.

순정아이북스에서 펴낸 다른 도서

▍제목을 못 정한 책(김벌래의 不狂不及 불광불급)
▍우리 시대의 장인, 김벌래가 말하는 '신나게 살고 신나게 일하는 법'

김벌래. '음향의 달인', '광고 소리의 대부'로 통하는 그는 대한민국 음향 분야에서 둘째가라면 서러워할 만큼 대단한 업적을 쌓아 왔다. 40여 년 동안 음향 작업을 하면서 2만 편이 넘는 광고와 다양한 공연·이벤트 작업에서 수많은 소리를 만들어낸 저자인 만큼, 이 책에서 털어놓는 에피소드 하나하나에는 광고와 공연·이벤트의 생생한 현장이 담겨 있다. 저자의 평소 말투들을 그대로 담아 김벌래라는 인간에 대해 생생히 알아볼 수 있으며, 그의 삶과 일에 대한 열정을 통해 독자도 '신나게 일하고 신나게 살아갈' 힘을 얻을 수 있을 것이다.

김벌래 지음 / 판형 신국판 / 값 12,000원

▍아날로그 성공모드
▍여성 최초 기자출신 MBC 뉴스앵커 김은혜의 디지털 시대 성공전략

세계를 주도하는 디지털 리더들은 오히려 아날로그에 충실하다는 사실을 알고 있는가? 국내 여성최초 기자출신 앵커로 주목받았던 대한민국 대표 프로페셔널, MBC 김은혜 앵커가 아날로그 성공법칙으로 경쟁하라는 메시지를 생생하게 전달한다. 저자는 '디지털 시대일수록 인간 중심의 원칙과 소신을 바탕으로 아날로그 사고방식과 행동양식으로 성공하라'는 새로운 패러다임을 제시하고 있다. 이 책은 디지털 시대를 이끌어가겠다는 야심에 찬 포부를 갖고 있는 예비 리더들을 위한 차별화된 성공 전략서이자, 사회생활에 필요한 옥석 같은 처세술을 담고 있다.

김은혜 지음 / 신국판 / 값 9,800원

▍나만의 향기로 승부한다
▍노래 부르는 CEO, 토종아로마 전도사 양미란의 석세스 다이어리

'토종아로마 전도사'로 알려진 노래 부르는 CEO 양미란 회장의, 시련과 고난도 아름답게 승화시키는 성공 다이어리.
이 책은 토종아로마에 대한 인식조차 전혀 없었던 시절, 양 회장이 기존 아로마 시장에서 블루오션이었던 토종아로마 제품을 새로운 브랜드로 창출해 내는 과정을 그려내고 있다. 개척기, 성장기, 성공기 및 아로마 전도사라는 타이틀을 얻기까지의 단계를 'Origin-향의 근원 / Challenge-향의 추출 / Passion-향의 발산 / Deep-향의 여운'이라는 삶의 여정 / 향기에 비유하여 그려낸 성공 에세이이다.

양미란 지음 / 판형 신국판 / 값 10,000원

아름다운 독종이 프로로 성공한다

초판 1쇄 2008년 3월 31일

지은이 유난희
펴낸이 김순정

펴낸곳 순정아이북스
신고번호 제16-2832호/신고년월일 2002년 10월 8일
주소/ 서울시 서초구 서초동 1330-18 현대기림빌딩 704호
홈페이지/www.soonjung.net
전화/ (02) 597-8933
팩스/ (02) 597-8934
E-mail/ bestedu11@hanmail.net

값 6,000원 | ISBN _ 978-89-92337-12-0 03810

순정아이북스는 순수와 열정으로 세상을 바꾸는 책을 펴냅니다.
잘못된 책은 바꿔드립니다.
저자와의 협의 하에 인지를 생략합니다.

＊이 도서는 「아름다운 독종이 프로로 성공한다」를 재편집한 문고판 도서입니다.